最強にウザい彼女の、明日から使える
マウント教室
レッスン
吉野 憂
画 さばみぞれ
The most annoying girlfriend's
condescending lesson
you can use from tomorrow.
2
JN018571

CONTENTS

The most annoying girlfriend's
condescending lesson
you can use from tomorrow.

Sクラス代表
Aクラス代表
由々式明
ゆゆしきあきら

「私（わたくし）とお付き合いしてくださいませんか」

佐藤零（さとう れい）
ギ
Sクラス代表補佐
月並千里（つきなみ せんり）
Sクラス
極光苹果（あけぼの じょぶず）

最強にウザい彼女の、明日から使える

マウント教室(レッスン)

吉野 憂 画 さばみぞれ

2

佐藤 零[さとう れい]
特に取り柄のないザ・一般人。
Sクラス代表になってしまった。

月並 千里[つきなみ せんり]
大企業・月並グループの社長令嬢で、
マウントに命を掛けている残念美人。

夜桜 環奈[よざくら かんな]
大企業・夜桜グループの社長令嬢。

東雲 翼[しののめ つばさ]
零の仲間で、元読モな少女。

尾古 響一[おこ きょういち]
零の仲間で、現内閣官房長官の息子。

白兎 零世[しろう れいせい]
環奈のお付き。一見クールな性格の少年だが……?

極光 萃果[あけぼの じよぶず]
某IT起業家を敬愛している、Sクラス生徒。

由々式 明[ゆゆしき あきら]
Aクラス代表。特殊なマウンティングの技術を持っているらしい。

（注意）

このお話には多量のストレスが含まれます。

耐性の無い方はお控えください。

——バチン！

「貴方様は今、私の思いを馬鹿にしました……！」

誰もいない夕日に染まった放課後の教室で、乾いたビンタが空気を揺らした。

僕は、好きという気持ちを甘く見た。

彼女の瞳には大粒の涙が浮かんでいた。

「許しません……絶対に許しなど致しません……！」

「お、落ち着いてよ……！　僕はただ——！」

「言い訳など聞きたくはございません！」

彼女は僕の制止を振り払い教室の外へと踏みだす。

「……佐藤零、私は貴方様のために力を貸そうと思っておりましたが、どうやらそれは誤った考えだったようです。同じくクラスを纏める身にあろうと、私の恋情を踏みにじった罪、必ずや償わせてみせます……！　それでは、ご機嫌よう」

「待って——」

何とか引き留めようと思った傍ら、僕は視界の隅に人の影を見た。

「————!!」

視線をそちらに向けると、その人影はサッと姿を消した。

何者なのか分からずとも目的は分かっていた。今のやり取りをクラスの内外に広めて、また一歩、僕を退学へと追い込むつもりなのだろう。

「――っくそ！」

彼女と裏切り者。どちらを追いかけるか悩んでいるうちに、どちらも姿を見失った。

バトル当日まであと二日。それまでにクラスを纏めるなんてまず不可能だ。

リーダーシップを測るために設けられた、今回の団体戦の優劣比較決闘戦。

どうすればこの状況で、Sクラスと実力で遜色のないAクラスを打倒できるというんだ……。

皆に見限られて初めて、誰かの上に立つことがどれだけ難しいことかを悟った。

明日は次の優劣比較決闘戦本番に向けたクラス会議。

これでは誰とも言葉を交わさぬまま、全てを失ったままだ。

何とかしなければ……。

マウンティング。他人と自分を比べて戦うメンタルの勝負。自尊心が生んだ闇のバトルに晒されて、数々の裏切りと決別に遭って生まれた心は焦りではなく怒りだった。

自分のプライドのために他人を傷つけるのならば、僕だって殺意の視線をくれてやる。

僕がリーダーだ。このクラスのトップだ。必要なのは勝利だ。

たとえ一人で戦うことになっても。緑が芽吹く美しい季節を醜悪で塗り潰すことになろうと。

人を思う心を失い、他人に背を向けたまま生きていくことになろうとも……。

第一章 えーそんなことも知らないの〜？（笑）

1.

「おはよう響一」

「ああ。おはよう零」

校舎へ向かう道すがら、僕は友人である尾古響一——通称オコタンを見かけ声をかけた。

茶髪マッシュに高身長眼鏡。優しく真面目な性格で、更には政治家の息子と隙の無いステータスでありながら、どこか抜けていて可愛いと女子からは非常に人気が高い。

二次元オタクであることは僕しか知らない事実だ。

「今日は珍しく早いんだな」

「まあ初日だしね」

そう。今日は僕らのクラスが決定して最初の登校日。

登校日といってもこの学校は他の学校と少し違う特徴があった。

お金持ちが通う名門校で全寮制。

寮と校舎が同じ敷地内にあるから僕みたいな遅刻魔も数分で校舎に着いてしまう。

「お、あれは東雲さんじゃないか？」

「ほんとだ。おーい東雲さーん！」

「──あ、お、おはようございます……！」

短く綺麗な銀髪はぴょんと所々はねており、優しくどこか自信のなさそうな笑顔を見せる彼女は東雲翼さん。僕と同じくこの学園に騙され──もとい、スカウトされて入学した一般人だ。だがその容姿の良さは今まで出会った人の中でもずば抜けており、性格も天然天使なところが男子を虜にして放さない。

「よ、よかった……一人で教室に入るのが怖くて、どうしようかと思ってたんです……」

「あー分かる分かる！　僕も新しい教室に入った途端、クラスのならず者たちに襲われないか不安でいっつもビクビクしてたよ」

「零の学校はスラム街に建ってたのか？」

平和な会話を交えながら昇降口で内履きに履き替える。

二階より上は、上級生のクラスがあるそうだ。僕らは目の前の左右に分かれる廊下をそのまま左に進んだ。

「古い校舎ですね……」

「明治から残る文化財だからな。歴史的建造物として再生保存しているらしい」

日本有数のお金持ちであり、権力者の子供たちが集まる木造の学び舎は時代を感じさせる焦げ茶色をしていて、どこか懐かしい。

この厳格な印象を受ける学び舎も、他の名門校とは一線を画す特徴と言っていいのだろう。

だがそれ以上に、僕らの学校――私立鷺ノ宮学園高等学校には、他の追随を許さない珍しい特徴があった。

「あれーここ私のクラスじゃないわ。私は『Sクラス』だものね！『学年2番手のAクラス』じゃなくて、『最も優秀なSクラス』だものね！うっかりうっかり！」

聞いたことのある自信たっぷりの声音に僕らは前方を見やる。

視力に悪そうな目障りな白金髪。

人格の欠落を体現したような三日月の髪留め。


そして、不快感。


月並千里と目が合うと、彼女は無駄に綺麗な笑顔を見せた。

「あら皆！　もしかして皆も間違えちゃった？　ここは『Aクラス』。私たち『Sクラス』の教室は隣みたいよ」

嵐のような性格をした彼女は隣のクラスを荒らすだけ荒らして教室を出る。

1-A

「さ、行きましょダーリン！　私たちは『Sクラス』なんだから（笑）」

月並に手を取られ僕の体は引っ張られた。

――っち……！　なんだよあいつら、朝からわざわざマウンティングしに来たのかよ。

――陰湿だよね……！　佐藤くんの指示かな。

――絶対そうよ……！　夜桜さんをあんな倒し方する外道だもん……！

――しかも複数人の女子に同時に手を出すクソ野郎だ。

――うぜえよな。次は全員で叩き潰そう。

「……やっぱ、転校しようかな……」

そう。この学園は『マウンティング』が全てを支配する学園なのだ。

2.

「朝から何やってるんだよお前……」

「自己啓発活動」

「今すぐ自粛しろ」

「何でよ！　ダーリンもAクラスにマウントを取りに行ったんじゃないの!?」

「行ってない」

「マウンティングが全てを支配する」のコンセプトの通り、僕らのクラスは入学式後に行われた優劣比較決闘戦なるふざけたバトルで決定された。その戦いはマウントを取り合いメンタルを削り合う前代未聞のルールだったのだが、あろうことか僕はこの不快感を凝縮した美少女、月並千里の策略で見事1位の座に成り上がってしまったのだ。

「何よそんなに見つめちゃって。可愛い彼女に見惚れちゃった？」

「おはよーございまーす」

「無視するんじゃないわよ！」

月並をスルーし教室に入るも、クラスメイトからの返事はなかった。まだ自己紹介もしたことがなく緊張している人もいるのだろうが、多くは僕を毛嫌いしているようだった。

というのも、上流階級が集まる学園の最上位クラス代表に、僕のような冴えない一般人がなってしまったのと、報道部の部長に僕がまるで皆を見下しているかのような解釈のインタビューを作成されたせいで今のような状態に陥ってしまっている。

「皆様、ご機嫌よう」

クラスメイトたちの冷たい視線に今後の学園生活の不安を抱いていると、背後から聞こえたのは上品な挨拶。凛とした美しい声の持ち主は黒い髪を大きなリボンで纏めた和風の美少女。旧財閥夜桜グループの社長令嬢、夜桜環奈さんだった。

「あ……おはよう夜桜さん……」

「おはよう」

「おはようございます……」

響一も東雲さんも控えめに挨拶を交わす。彼女はニコリと笑うと、上品に口を押さえた。

「そうあまり畏まらずに。先日は代表を巡って争ったといえど本日からはクラスメイト。共に戦う仲間です。私も、よろしければ皆様のことを呼び捨てでお呼びしたく思いますので、どうか皆様も気軽に環奈とお呼びくださいまし」

ペコリと頭を下げ夜桜さんは僕らの前を横切る。

すると彼女は月並の前で止まって笑みを見せた。

「月並さんも、朝から元気がよろしいですわね」

「本当だよ。ニワトリでももう少し恥じらいをもって騒ぐのに」

「月並さんも良家の娘たるや、ほとほとに誇りというものを――」

「誰がニワトリよ。ハムスターに言われたくないんですけど」

「ハムスターでも僕は学年1位。月並は4位です～」

「あらあまり弱者を虐めてはいけませんことよ佐藤様。まあ私も月並さんと違って2位の――」

「私に勝ちを譲ってもらったなんちゃって1位でしょ？　あまり調子に乗ってると貴方の電話番号で海外の詐欺サイトに複数会員登録するわよ」

「調子乗ってすみませんでした」

「私を！　無視！　しないでくださいます!?」

　あ、怒った。

　ぴょんぴょこ跳ねながら夜桜さんは「ふん！」と腕を組んだ。

「よろしいのでしょうか月並さん。私はクラス副代表で貴方は補佐。クラスメイトがどちらを信用するかは明白で、場合によっては貴方様の今後の学園生活が危ぶまれることになりますわよ？」

「ん、脅すほど私を意識してるの？　身長も小さければ器も小さい。直接戦ってもないのに順位だけみて自分が上だと信じるなんて本当に愚かだわ～」

「あらあら。そのようにお思いでしたら今ここで決着をつけますか？」

「ねえみんな聞いて私のリリック。アンチの苦情にあえなく同情、決着つけるわ今この瞬間。されど貧乳成長途中、杞憂な理由でバトルに敗北。お胸の呪縛にいと四苦八苦。至急連れてけ栄養補給～！」

「もー！　もーもーもー！　ふぁっきゅー!!」

「わわ……！　喧嘩はだめですよ……！」

「かろうじて韻を踏んだね夜桜さん」

「夜桜の令嬢があれでいいのか？」

殴りかかろうとしたが、月並に頭を押さえられるともう夜桜さんの腕は届かなかった。

その様子を呆れて見ていると、月並の腕を一人の生徒が掴んだ。

「からかうのも程々にしていただけますでしょうか千里様。私の大切な主です故」

紫の長髪を後ろで結んだ彼はスーツを着ており、凛々しいその顔立ちには見覚えがあった。

夜桜さんの執事的存在、白兎零世くんだ。

「おはよう白ウサギちゃん。貴方も毎度大変ね」

「貴方様が環奈様をおちょくらなければこうはならないのですが」

「ぶち殺しますわ！」

「落ち着きくださ い環奈様。そのようなはしたないお言葉、父上様がお聞きになられましたらさぞ気を落とされてしまうでしょう」

「むー！」

彼は2人を引き離すと、興奮する夜桜さんを押さえたまま月並に笑った。

かっこいい……。優しくふんわりと笑う彼は王子様のようで、月並に笑いかけたのに男である僕の方がドキッとしてしまった。

「改めて千里様、同じ学び舎に通わせていただく身。私ともクラスメイトとして仲良くして頂ければ幸いでございます」

「いつも言ってるけど、そんな気を使わなくっていいわよ。てか、全然クラスメイトの言葉遣いじゃないし」

「ありがたきお言葉です。いえまあ、これは癖のようなものですので」

頭を下げると、次の瞬間白兎くんは月並の手を取り、その場に跪（ひざまず）き甲に軽くキスをした。


「「「え――」」」


僕らはその行動に動揺したのだが、月並も夜桜さんも何も言うことなくケロッとしていた。

白兎くんも全く悪気のない顔でこちらに振り向き、頭を下げた。

「優劣比較決闘戦（マウンテイングバトル）以来ですね皆様。改めて、夜桜家の下で環奈様の身の回りのお世話をさせていただいております白兎零世と申します。どうかよろしくお願い申し上げます」

白兎くんは東雲（しののめ）さんに手を差し出した。

「よろしくお願いします……」

彼女が控えめに手を握ると、彼はまたもその場に跪いて、

「ああ何と美しきお方。この素晴らしき出会いに感謝を……」

彼女の手を引き寄せ、手の甲に軽く口づけをした。

「あ……あのっ……！」

「――――!!」

顔を真っ赤にして戸惑う東雲さんの手を、響一が不愉快そうに引き離した。

「いきなり何をするんだ」

「これは申し訳ございません。私、美しい女性には目がないもので……」

うっとりとした顔で謝罪した白兎くんの頭を、夜桜さんが叩いた。

「零世。あれほどおやめなさいと言ったはずです」

「私が気にしないから忘れてたのかしらね」

「月並さんも、いい加減この子を甘やかすのはやめてくださいませ。私たちももう大人です」

「アンタが嫌がる分、他の子にスキンシップを図るんじゃない」

「そうです環奈様！　貴方様さえ私を甘やかしてくれれば、私もこうは欲求不満にならぬのです！　さあそれではハグしましょう。骨が朽ちるまでハグしましょう！　私の胸に飛び込んできてください!!」

「お黙りなさい」

「ああん♡」

夜桜さんに頬を叩かれ地面に倒れこむ白兎くん。

せっかくのイケメンなのに中身は女好きドMのキザ野郎だったとは。あくまで本命は夜桜さんのようだが、初対面の印象がクールで冷静なできる執事だっただけに残念だ。

彼は恍惚とした表情のまま立ち上がると、元の凛々しい笑顔に戻って響一へと手を出した。

「取り乱して申し訳ありません響一様。以後気をつけますので、どうかよろしくお願いいたします」

「……ああ」

不機嫌そうなまま響一は彼の手を握った。

一気にこの場を掻きまわしたが、悪い人ではないのだろう。彼は笑顔のまま僕の方も見た。

「あ、よろしく白兎くん。一応だけど名前は佐藤零。よろしくね」

思えばこの学園に来てから、バトルを除いた純粋な人間関係で挨拶したことなど初めてだった。僕は若干緊張で声が上擦る。すると彼は頷いて、

「――――」

僕の横を通り過ぎ席へと向かった。

「さて皆様、そろそろ朝礼の時間にございます。着席いたしましょう」

「こら零世（れいせい）。佐藤様を無下に扱えば私（わたくし）が許しません」

「………」

　夜桜さんの言葉に白兎くんは立ち止まると、さわやかな笑顔のままギギギとぎこちなくこちらを向いた。

「おやおや佐藤様。申し訳ありません、私としたことが朝礼開始に焦るばかり失念してしまいました」

　彼は響一の時と同じように僕へ握手を求めた。

「この間はどうも、環奈（かんな）様がお世話になりました」

「――――！」

　突然至近距離で顔を覗かれ、僕は思わずのけ反った。

「今後は一つ私とも、どうぞよろしくお願い申し上げます」

「あ、あの……なんか怒ってる……？」

「怒る？　はて、なぜ私が貴方（あなた）様に怒りを向ける必要がございますでしょうか」

　クラス決めの最終決戦で、僕が夜桜さんを最低な方法で倒してしまったから……なんて思ったまま口にできるほど、僕は勇敢じゃなかった。

「それでは皆様、今後とも仲良くいたしましょう」

「ええ。よろしく」

「もちろん。仲良く、ですわ」

「こちらこそよろしく頼む」

「よ、よろしくお願いします……！」

一人すたすたと席に向かった白兎（しろう）くんを皮切りに、皆挨拶（あいさつ）を交わして席に向かった。

「よ、よろしく……」

僕も白兎くんの眼光に気圧されながらも小さく挨拶し、不安でいっぱいの高校生活は本格的にスタートした。

3.

「おーしてめーら。全員いるかー」

予鈴が鳴ると程なくして、やる気のなさそうな灰色髪の男性が入室してきた。

仮クラスの時も担任をしてもらった氷室（ひむろ）先生だ。

今日も髪の毛はぼさぼさで、せっかくの色男が台無しのだらしなさだ。

「お、揃（そろ）ってんな。今後もその調子で頼むぞ」

淡々と言いながら先生はホワイトボードにペンを走らせた。

「氷室兵吾。これから1年間、お前らSクラスの全面的な指導と、全学年Sクラスの国語科目を担当する」

1学年の国語ではなく、S・A・Bなどのクラス単位でそれぞれ別の教師が授業を行っているあたりも、この学園らしいと思った。

優秀な生徒には優秀な教師を。

それにより教師たちの間でもマウンティングを行っているのかもしれない。

「優劣比較決闘戦の結果で俺のボーナスも決まるから、お前らマジで頼むぞ……！」

拳を握りしめるその表情からは今までで一番の本気の情熱が感じられた。

「優劣比較決闘戦は学年最初のクラス決めを除いて年間5回、5月、7月、9月、11月、2月で、毎回ルールと対戦方式が変わる。バトル開始2週間前にルール開示がされるから準備期間はあまり多くない。これに加え学力を測る定期テストや各イベント事もあって常に忙しいが、バトルの結果でお前らの将来の立場も変わるんだ。普段からしっかり勉強しておけよ」

そう。鷺ノ宮学園が優劣比較決闘戦なるトチ狂った評価方法を置いているのには驚愕の目的がある。なんと日本の政界に財界、教育界に芸能界と、全ての分野における権力者は皆、この相手を精神的に攻撃し自分が優位なことを証明する、マウンティングの力がどれだけあるかを重視しているというのだ。

というのも戦後まもなく起こった財閥解体以降、支配的地位を巡って様々な抗争が起こった。それを収めるために政府が鷺ノ宮（さぎのみや）家に特別な権力を付与し、武力を用いない平和的な解決法、優劣比較決闘戦（マウンティングバトル）が開催されることになったらしいのだ。

にわかには信じがたいが、僕は今、実際にマウントのバトルを勝ち上がった。

そしてあの平和的（笑）な戦いをこれからも、約2か月に1回、前回同様かそれ以上のストレスを浴びながら勝ち上がらなければならないのだ。

「比較学は各担任が担当する。今後最低でも1年間はお前らのサポートを全力で行うから、分からないことがあれば何でも質問しろ」

「……先生。早速ですけど質問いいですか？」

「どうした佐藤（さとう）」

「その……比較学って何ですか？」

「えーそんなことも知らねえの～？（笑）」

「くそっ……何でも聞けって言ったくせに！」

ウザったらしく目を細めた先生の返答に早くも後悔した。

「普通に考えればいいのよダーリン。比較学。自分と他人を比較し優劣を決定する、マウンテイングに関する授業よ」

「普通？　普通ってなんだっけ？」

僕の言葉にクラスメイトはこそこそ仲間内で笑い始めた。

「代表ともなる人間が比較学すら知らないのか」

「普通に考えれば、響きでどのようなものか想像に難くないだろうにね」

「有名な話なのにね。誰しも一度は聞いたことあるはずなのに」

決めた。放課後すぐに学校を出よう。

この学園が異世界に建っていないか確かめる必要性がある。

「おーおー静かにしろ。とにかく、俺らは学年の頂点に立つSクラスだ。他の有象無象(うぞうむぞう)共はまだしも、Sクラスは本校150年の歴史で一度も他のクラスに敗北をしたことがない。当たり前だが、今年も、勝ち以外の文字は決して許されない。俺のボーナスにも響くから、一致団結してSクラスのプライドを守り切るぞ」

騒がしくなった教室を仕切り直すと、氷室(ひむろ)先生は続けた。

「さて、俺からの言葉はこのくらいにしてそれぞれの自己紹介に移る。その後は授業に関する説明と、備品や配布物に漏れがないか確認して今日のガイダンスは終了だ」

出席番号1番のやつから順に好きなように自己紹介していけ。

先生の指示通り番号順で自己紹介が始まったが、それはまあカオスだった。経営者の息子に学者の娘。生まれも育ちも良いとこの人が多いのだが、如何せん自己主張が強い。トーナメントで順位を決めたのに自分が1番だと思っている人が多数で仲良く纏まりのあるクラスとは程遠い印象だった。

やがて僕の番が回ってきて席を立つと、先生は僕を制止した。

「佐藤、お前は最後だ」

「え?」

「代表としてトリを飾ってくれ」

「あ、はい……」

突然の無茶ぶりに僕は反論もできず席に座った。

皆に紛れてサラッと終わらせるつもりだったのに、変に注目を浴びることになってしまった。僕は皆のようにいいとこの生まれでもなければ特別なスキルも趣味もない。世界中の骨董品を集めるのが趣味だとか、好きな食べ物は鴨肉のオレンジソース煮ですとか皆が話す中、これといって面白い話題がなかった。

「よし全員終わったな。ラスト佐藤、Sクラスの顔としてビシッと頼むぞ」

遂に僕の番が回ってきて、話す内容も纏まらないまま教壇に立った。

皆の見定めるような眼差しが僕を貫く。

「えっと……佐藤零です。このたびはSクラスの代表を務めさせてもらうことになりました。月並千里と付き合っていましたが、もう別れました」

「ちょっと！　皆の前で何言ってるのよ！」

軽い冗談と月並のヤジに少し笑いが起こる。

だが、僕が笑わせたというよりは、笑われた、に近い気がした。

「僕は皆みたいに凄い生まれじゃないので分からないことも多いんですけど、少しでもこのクラスを纏めて、皆に貢献したいと思ってます。1年間、よろしくお願いします」

終わりの合図に頭を下げるとまばらに拍手が起こった。やはり、クラスメイトたちに歓迎されていないのは明白だ。それを誤魔化そうと強く拍手する友達たちのフォローが逆に悲しかった。

「ありがとう佐藤。席に戻っていいぞ」

先生に促され僕はさっさと着席した。

「この学園にいる限り上を目指すのは当然。同じクラスだろうが時には敵にもなる。だが、基本的にはクラスメイトは味方だ。皆、協力して己を高めていくように」

先生の言葉で挨拶は終わり、最後に配布されたタブレットに不具合がないかを確認してガイダンスは終了した。

「以上でガイダンスを終わる。改めてこれから1年間、よろしくな」

あまり笑わない先生が最後にほんの少し笑顔を見せ、本当に今から僕らの学園生活が始まるのだと胸が高鳴った。

マウンティングのせいで先週までは異質な空気だったが、腐っても教育機関。

青春を謳歌し皆で高めあう学び舎だという点では他と何一つ変わらないのだ。

「よし。じゃあ本日の授業はこれで終了。佐藤(さとう)、挨拶(あいさつ)」

先生に指示され僕は少し戸惑いつつも、起立！　と元気よく言い放った。

初めての号令。

皆微妙にバラバラと立ち上がったが、待ちに待った高校生活の始まりの合図に心を躍らせているのは一緒のはずだ。

僕は笑顔で、元気よく頭を下げた。


「ありがとうございました！」

4.

次の日。

❋ ☾ ❋

――現代文

＊「少年の日の思い出」を読んで僕の心情を180字以内で説明せよ

『僕がエーミールに珍しい蝶を見せに行ったところその蝶が貴重なことは認めたが、次の瞬間には触角の長さが左右で違うことや、足が二本欠けていることで欠点を指摘しマウントを取ってきた。また、不可抗力で蝶を破壊してしまったことをいいことに、自分はその程度では怒らない人間だと「そうかそうか、つまり君はそんなやつだったんだな（笑）」とマウントを取られて更に怒りがわいた』

❋ ☾ ❋

――数学

＊1＋1＝2であることを証明せよ

『めんどうくさくて自明なことをなぜ要求してくるのだろうか。

ペアノの公理を満たす自然数Nにおいて加法演算を次のように仮定する。

$a := \forall Yn \in N$とし加法における単位元0を用いて$a + 0 = a$

$a := \forall Yn \in N, b := \forall Ym \in N$とすると$a + suc(b) = suc(a + b)$…①

ここで$suc(0) := 1, suc(suc(0)) := 2$と定義する

①に$a = suc(0), b = 0$を代入すると

$$suc(0) + suc(0) = suc(suc(0) + 0)$$
$$= suc(suc(0))$$

よって

$$1 + 1 = 1 + suc(0)$$
$$= suc(1 + 0)$$
$$= suc(1)$$
$$= 2$$

証明終了。で、これが何か？』

——外国語

＊以下の英文を和訳しなさい

『HEY TAKASHI!　Could that be Mt.Fuji？
【ねえタカシ！　もしかしてあれが富士山ですか？】

『Yes,Nancy.That's the biggest mountain in Japan,the pride of Shizuoka.The people of Yamanashi Prefecture still seem to think it belongs to them.(lol)』
【そうだよナンシー。静岡が誇る日本最大の山さ。山梨県民は未だに自分たちのものだと勘違いしているようだけどね（笑）】

『Oh shi!』
【あらまあ！】

『Great jealousy indeed.（lol）』
【まさに大嫉妬（しっと）ってね（笑）】

「ちりばめられている!!」

「おーどうした佐藤(さとう)。もう授業始まるから静かにしろ」

　4限目が始まる前の休み時間、僕は思わず叫びながら机を叩(たた)き氷室(ひむろ)先生に注意された。

「どうしたも何も！　あらゆる箇所にマウンティングがちりばめられているじゃないですか！」

「英訳の時なんて答えが合ってるはずなのに本当に正解でいいのか不安になりました……」

「まさかここまでマウントを絡めてくるなんて、俺も想像以上だったな」

　僕の周りに集まっていた東雲(しののめ)さんも響一(きょういち)も共感してくれる。

　くそ……昨日はいかにも普通の学校と同じ始まり方だったから、優劣比較決闘戦(マウンティングバトル)と比較学の時以外はまともな学園なのだと信じて胸を高鳴らせていたのに……！

「初日からこの調子じゃ、先が思いやられるわね」

「そうだぞ。そんな佐藤のために比較学の授業を始める。全員席に着け」

　先生の掛け声を聞いて僕の周りに集まっていた皆は席に戻っていった。

　全生徒がいるのを確認して、先生はタブレットを起動する。

「改めて、比較学の授業を始める。全員教科書の２ページ。目次を開け」

　言われた通りタブレット内の教科書を開き目次を見る。

P．23――M言語。
P．141――マウンティングと流行の関係性。
P．350――SPECT単1光子放射型コンピュータ断層撮影を用いた精神分析。
うん。予想通り訳が分からん。

「4月はマウンティングの基本。M言語と無能論の勉強を行う。まずこれについて、すでに理解しているものは挙手をしろ」

その声にクラスの大半が手を挙げた。無論、挙げていないのは僕と東雲さんくらいだ。

「じゃあ促す前から手を挙げていた月並千里（つきなみせんり）。M言語について『短く』説明してみろ」

あいつ。僕の左後ろの席だから見えなかったがそんなことをしていたのか……。

月並は席を立つとホワイトボードの前に立ち、熱血塾講師のような速度で話しながら何かを書き始めた。

「M言語はそのままマウンティング言語の略称で、相手がマウントを取っているか取っていないかを見極めるための文法となります。これを学ぶことで通常の会話をマウンティングに変換したり、それがマウントだったのかより相手に分かりにくくしたりすることができます。M言語の歴史については諸説ありますが、一説では平安時代に残された書物から紫式部と枕草子もそれを用いていたとの研究があり――」

「短く」

「あっ――！」

先生に解説の途中でペンを奪われ、月並はシュンとした表情で自分の席へと戻った。

「月並の言う通り、M言語をマスターすればよりバトルを仕掛けやすくなり、さらにはそれが煽りなのかそうではないのか判別しにくくさせ、より芸術的なマウンティングを行うことができる。さらに言えば、相手の用いる文法で型を特定し、対策しやすくなるなど様々なことに応用できる、マウンティングの基礎中の基礎だ」

言っていることはちんぷんかんぷんだが、念のためノートは取っておく。

「それでは次に、無能論について聞いたことのあるやつはいるか？」

先生の言葉に皆が手を挙げる。しかし、

「じゃあ、無能論が具体的にどのようなものか説明できるやつはいるか？」

その問いに挙手した人間はあまり多くなかった。

そして真っ先に手を挙げたのはあいうえお順で座らせられた、出席番号1番の人。

賢そうな丸ぶち眼鏡に流れる白髪。口が『へ』の字に曲がった話し方をし、着用しているの

が制服ではなく黒のタートルネックにブルージーンズと、なんとも不思議な人だ。

「よし、極光苹果（あけぼのじょぶず）。説明してみろ」

「アグリー」

更には名前も変わっている。自己紹介がなければ絶対に読める気がしない。

彼とはクラス決めの時に戦ったことがある。

確か起業がどうのこうのと話していたが、やはり優等生なのだろう。

歩み方に自信が感じられ、表情からは知性が迸（ほとばし）っている。

ペンを握り、月並（つきなみ）のように難しいことを書き始めるのかと思いきや、彼はホワイトボードに背を向け言った。

「まず……皆さんの思う無能論へのオピニオンを把握しましょう。ボス、貴方（あなた）は無能論についてどのようなイマジンをお持ちで？」

「え？」

彼は明らかに僕の方を見て投げかけていた。

代表＝ボス。

と捉えていいのだろうか。本当に彼が僕に問いかけているのか疑問の眼差しで返したところ、彼は『自信を持って答えなさい』とでも言いたげな笑顔で何度も頷（うなず）いた。

「無能に関する話だから、使えない人たちをどうやって見下すか……つまりは、自分より格下にどうやってマウントを取るか学ぶってこと……？」

「うんうんアグリー」

彼にとってアグリーとは同意ではなくはただの相槌(あいづち)のようで、頷きながら周囲を見渡した。

「さて、ボスのアイデアについて、何か意見のある方は？」

芊果君はクラス全体に投げかけると、さすがはエリートたち。

指されずとも複数人が手を挙げた。

「アグリー。挙手など必要ありましぇん。このアジェンダについて、思う存分語り合ってくださぁい」

その言葉に一拍、金融大手の次男、大河原康則(おおかわらやすのり)くんが最初に発言をした。

「代表の理解は間違っていると思う。無能論は確か相手を貶(おと)め自分を上げるマウント方法ではなく、他人の地位をそのままに自分の評価を上げる方法だ。代表の考えだと相手を否定しているから間違いだ」

「確かにその通りよね。無能論は自分がいかに有能な人材かを誇示する知識型のマウント術だったもの。自分を無能に見せた後に相手よりも力を発揮して戦う必要がある。何も難しくないと思うけど」

「それだと肯定的カウンター型のマウントになるだろう」

「じゃあ貴方は理解してるの？」

「もちろん」

「なら説明してみて？　肯定的マウンター型が無能論を使えない理由を」

「今はそんな話してないよな？」

「自分が理解してないからって突っかかってくるのやめてくれる？」

「答えないことで君の哀れさが目立つんですね」

「おい関係ない話するなよお前ら！　議論の邪魔をするな！」

「私じゃなくて彼が喧嘩を吹っかけてきたのよ。というか私はすでに答えを出しましたけど、貴方は無能論について理解してるの？」

「当たり前だろ。てかお前の考えは間違ってるし。無能論ってのは――」

　一つの衝突をきっかけにクラス内では議論が飛び交い一気に騒がしくなった。

　訳の分からない問題に加えて、プライドの高い彼らだ。とても収拾がつきそうにない。

　マウント博士の月並が回答し、有無も言わさず黙らせるのを期待するしかない。そう思っていたが、当の月並は楽しそうに皆のやり取りを見ているだけで口を挟もうとはしなかった。

　すると、

「一旦冷静に、クールになりましょう皆さん。大局を見失ってはいけませぇん。我々が目指すべきゴールはどこですか？　無能論というパブリックイメージに惑わされすぎです。もう少しビジネスライクに、アサインされたテーマに対して冷静にキャッチアップしましょう。タイムイズ、マネーでぇす」

苹果(じょぶず)くんは唯一落ち着いた声音で皆を諭した。

言っている意味は分からないが、彼の言葉には何か熱を冷ますような効果があり、クラスの皆は自我を取り戻したように静かになった。

「そ、そうだよな……ごめん皆。議論の邪魔になるようなこと言って」

「私も、煽(あお)るようなことを言ってごめんなさい……苹果君も」

「アグリー」

謝罪に対しても苹果君は全く怒らず、むしろ気味悪いくらいの笑顔で胡散臭い外国人のように眉(まゆ)と肩を上下させた。

「聞きたいんだけど、苹果君は無能論についてどう思うの？」

「うんうんアグリー。いい質問ですね、お答えしましょう」

彼は持っていたペンでホワイトボードに何かしらの年表と直線グラフを書いた。

「そもそも無能の評価軸は何でしょうか。人類は石器時代から縄文、弥生時代にかけて、有能の定義が変化しました。そう。狩猟を行っていた時代から、土器を作製し農業を行う時代へとなったのでぇす。これによりかつて有能と呼ばれた力の強い人間の存在価値は低くなり、逆に非力でも手先が器用で知恵のある人間が有能と呼ばれるようになりました」

苹果君は時折皆に目線を向けながら饒舌に続ける。

「ここで考えてみましょう。例えば桶狭間の戦いでぇす。４５０００人の兵士を率いる今川義元に対して織田信長の軍は約３０００人。わずか15分の1……つまりは約6．7％の兵力で勝ち抜いたわけです。これを、先ほどの狩猟から農業へと変化した例に当てはめるとどのような共通点が見えてくるでしょうか？」

分からない。皆がそのような表情をしていると、苹果君はアグリーと頷いた。

「『パッション』です。ここにキャンバスがあるとして、皆さんはどのような絵を描くでしょうか？　果たして、織田信長のようになれるでしょうか？」

「……つまり、どれだけ負けそうな状態でも考えを巡らせ続けるのが大事だってことですか？」

「ヴォくが考えていたのも、まさにそれでぇす」

一人の生徒の言葉に苹果君が頷くと、さらにもう一人頷いた。

「なるほど。狩りの力がない者が知恵を得ることで武力に立ち向かい、それ以上の地位を得た。劣勢にありながらそれでも余裕を見せつけるのは正にマウンティングの心得そのもの……。弱者として相手が油断していればいるほど、逆転の機会は多くなる。そういう意味ですね？」

「どうやらヴォくたちは、革新的な答えを見つけたようですね」

「極光苹果……完璧だ……！」

苹果君がペンを置くと共に、先生が呆気に取られたような声を出した。

「今年は豊作だな……まさか、無能論まで完璧に使いこなす天才がいるなんて……」

促されるまでもなく苹果君が席に着くと、先生は僕の方を見た。

「よかったな佐藤。月並に夜桜だけでなく、また一人マウントの天才がお前の傍についた」

「……あの……結局のところ、無能論って何なんですか？」

僕の言葉にクラスメイト達は再び騒ぎ始めた。

「代表、貴方は今の議論の何を見ていたのですか？」

「ここまでしても分からないなんてとんだ能無しね」

「やはり彼に代表の素質はないようだ」

次々にクラスメイトたちが騒ぎ出す。わざわざ僕に聞こえるよう発言する人もいれば、仲間内でこそこそ笑う人間も多かった。

いくら僕が代表であることに不満があるとはいえ、何もそこまで馬鹿にしなくともよいではないか。

「……なるほど。まあ、最後まで諦めないリーダー的な人になる方法なんですね」

少し不貞腐(ふてくさ)れながら僕が言うと、先生は鼻を啜(すす)りながら首を横に振った。

「全員普通にちげえ……」

「「「え?」」」

僕はもちろんクラスの皆が疑問符を挙げると、先生はペンをとって板書を始めた。


「無能論はいかに何もせず、まるで何かを成し遂げたかのように見せる方法だ」

先生がペンで指した先には苹果君(じょぶず)が書き残した『PASSION』のスペルが一つ。

「いいか。先ほどの議論、極光は何一つ仕事をしていない。あいつがホワイトボードに書いていった『PASSION』の文字は何だ。これは何の意味があるんだ？　インクの無駄使いでしかねえ。極光は無能論が何かと皆に問い、ヒートアップした際に冷静になろうと投げかけ、自分たちの目標を見失ってないかと説いた。極光は何もしていないのに、まるでその場を仕切っているかのように見せたんだ」

皆が信じられないかのような顔で苹果君をみる。

彼はクールに「アグリー」と頷いた。

「そして時代は遡り、石器時代から古墳時代の変化。そして誰もが知る大逆転劇の桶狭間の戦いを例に出し、誰がどうとでも解釈できるパッションという単語で結論を濁した。他者の残した偉大な功績を述べることで、まるで発言者が賢く強くなったかのような錯覚を起こさせる」

先生は物事を深く知らない奴ほどやるテクニックだと言った。

「よく思い出すんだ佐藤。お前らが極光に無能論がどうかと尋ねたとき、奴は何といった？」

「……いい質問です。お答えしましょう」

「その後、極光はその質問に答えてるか？」

「…………」

答えてねえ……。

「その通り。奴は『いい質問です』と言って質問に答えていない。それはなぜか。理由は簡単。自分でも何言ってるか分からなくなってるからだ。だがなぜ奴の言葉に誰も疑問を抱かなかったのか。これが無能を極めた者の恐ろしいところだ」

仕事ができないのに出世できる上司。
別に上手くないのに指導係を任せられる部活の先輩。
特に意見を出さないのにダメ出しばかりしてくる風紀副委員長。
彼らは皆同じ手口を使うと先生は言った。

「相手の意見をまるで自分の考えかのように肯定、否定する。例えば会議中、意見を出した部下に対して『面白い意見だね』と肯定することで相手の自尊心を高め好感を得られると同時に、『でも、それがライバル会社の戦略に通用するかな?』と否定で繋(つな)ぐことで、自分は答えを知っているが、君の成長のためにヒントをあげよう。と言っているような錯覚を起こすことができる。たとえ自分が、何の議題で会議が行われているのか理解していなくとも」
「何を言っているんですか?」

「さあな。俺がなぜあえて分かりにくい例えで言ってると思う？」
「おい、いかにも僕に成長のチャンスを与えてる風に誤魔化すなよ無能」
「その捉え方も一つの答えだな。だが感情に訴えるのは果たして正しい行いだろうか。客観的に、事実と問題について向き合おう」
「おい、抽象的な言葉で濁して分かったような口を利くんじゃないよ無能」

確かにイラッとくるな……。

「無能論の恐ろしいところはこの文法を知らない人間は相手を賢いと錯覚し、無能論を知っている人間だけがストレスを感じる点。例えば10人中1人だけを煽（あお）ることができれば、1人は9人に攻撃を受けていると相談しても理解されず2乗のストレスを与えることができる。そして、攻撃対象だけにストレスを与え、残りの人間には通常の会話だと錯覚させる技術を、絶対（マウ）比較主義者（ンティスト）の世界では芸術性と言うんだな」

この辺りは確実にテストに出るから、肯定・否定型のするマウンティングとの違いをよく理解しておくように。

そう言って無能論の基本的な文法を解説し始める先生の説明を写しながら、なぜここまで真面目にノートを取らないといけないのかと腑に落ちなかった。

5.

「あの……今日のお昼ご飯はカフェで頂きませんか……？　食堂はこの時間帯混みますし……」

授業が終わって昼休み。いつものメンバー4人で食堂ではなく、学園の敷地内にあるショッピングモールに向かった。


目指すはルナーバックス。

月並の家が経営するブランド力のあるオシャカフェだ。

響一と東雲さんはメニューを見る。

「つわ、わたし……このキャラメルルナペチーノ？　とチキン&クリームチーズの石窯ホットサンド？　で……！」

「東雲さん、ルナバに来るのはもしかして初めてかい？」

「じ、実は……！　こういうところに1人で入る勇気がなくて……」

「なら初めから行きたいと言えばよかったのに」

響一の笑みに東雲さんは口ごもった。

「でも――」

東雲さんが続きを言わないので、その間に僕は注文することにした。

「僕は……抹茶ルナペチーノ？　と、粗挽きウインナーのプロｖ……！　つぷろヴぉろーね？　ヴぁるぱだーなホットサンド？　にしてみようかな……」

「え？　ダーリンもしかして来たことない？　言いなれな過ぎてメニューの最後に『？』がついてるわよ？　うそ～ありえなーい（笑）」

僕への煽り（あお）に東雲さんは涙を見せた。

「千里（せんり）に馬鹿にされるかなと思って……」

「おいやめないか千里さん。東雲さんが怯（おび）えてる」

「え？　でもオシャカフェってマウント取るために存在してるのよ？」

「真顔で嘘（うそ）を吐（つ）くな」

僕と響一が呆（あき）れてツッコむと、月並はキョトンとした。

「本当よ。窓際の席でパソコンいじってる人の９割はフリーランスを自称する無職だから。パソコンの機種もＭａｋシリーズを使うのがマナーであり、常識だから」

だからどんな常識だよ。

心の中でツッコむと、

「アグリー。みな、無能論を使いこなしていまぁす」

丸ぶち眼鏡になびく白髪。上から目線の話し方はまるでビジネスコンサル。

　胡散臭いが三拍子揃った彼は、僕らの少し後ろに立っていた。

「君は……極光苹果くん」

「アグリー。ご一緒させていただいてよろしいでしょうかボス。そして、みなさぁん」

　苹果くんは例のごとく、パイナップル社のパソコンを手に持っている。

　心よく受け入れた響一の言葉に僕らも頷いた。

「もちろん断る理由はない。問題ないよね？　みんな」

　苹果君は「感謝いたしまぁす」と言いながら、順番待ちの僕らの前に立った。

「お近づきのしるしに、ここはヴォくがご馳走いたしましょう」

「え……でも申し訳ないですよ……」

「そうだよ。全員分となると高校生には決して安いものじゃないし」

「ご遠慮なさらずに。ヴォくの顔を立てさせてください」

　引き下がらない彼に対して、月並は頷いた。

「じゃあここはお言葉に甘えちゃいましょ」

「そうだな。ありがとう苹果。また次の機会にお返しするよ」

「うんうんアグリー」

　肩をひょこっと上げた苹果君。反応まで海外風味なのが気になるが、別に悪い人じゃないし、確かに好意を無下にする必要もないだろう。

「ありがとう苹果君。改めて、これからよろしくね」

「こちらこそでぇす」


「次のお客様どうぞ」

僕らの順番が回ってきて、苹果君が皆の注文を店員さんに伝えていく。

「お会計７８９０円です」

僕がＳクラスにいるのを不満に思う生徒が多い中、仲良くしてくれそうな人がいてよかった。

安心していると、突然月並が「しまった！」と声を上げたから驚いた。

「ど、どうしたの⁉」

「あ、あれ……」

前方を指さす彼女は震えている。

恐怖に怯（おび）える月並の目線を追うと、そこには首だけ振り返る苹果君のニヤケ顔があった。

そして彼の指には黒いカードのような物が挟まれている。

「なに？　一体どういうことだよ月並！」

「分からないの⁉　苹果くんが持っているのは、アメリアン・エクスプレス・サジタリオン・プラチナ・ゴールデン・エクストラカードよ！」

「『アメリアン・エクスプレス・サジタリオン・プラチナ・ゴールデン・エクストラカード⁉』」

月並の言葉にカフェ全体がざわめき、注目の的になった。

「世界にも所有者が数千人しかいないと噂される、年会費だけで１０００万円もかかる伝説のクレジットカード‼　持っているだけでステータスとなり、海外の有名ホテルや空港でもＶＩＰ待遇を受けられるというそれを、どうして貴方が‼」

「うんうんアグリー。恐れおののくのも、無理のないことでぇす」

苹果君は笑うと、店員さんの方を向き直った。

「支払いはカードでお願いしまぁす」

「はっ……はい！」

店員さんは息をのみながらカードを受け取った。

「くそっ！」

僕の考えが甘かった。

他人を蹴落とすことを目的とした連中が集まるＳクラスに、自ら食事を奢ってくれる気前のいい人間がいるわけないじゃないか！

彼は僕らに近づき、自分が高ステータスの人間だとマウントを取るために近づいてきたのだ。

伝説的なクレジットカードをチラつかせ「一括で」なんて言われたら勝てっこない！

「お会計、一括で承ります……！」

負けた……マウントで戦うこの学園で、隙を見せた僕らが間違いだったのだ……。

「48回払いでお願いします」

「「「…………？」」」

空気が凍った。

「えっと……ご一括で――」「48回払いでお願いしまぁす」

「「「!?」」」

７８９０円÷４８か月＝１６４円／月

戦慄（せんりつ）とは正にこのことを言うのだろう。

電子決済が普及している昨今、昔のようにクレジットカードでステータス争いをする人間はそう多くないと思う。だが、本当に一握りの上流階級はカードがステータスであることを知っている。電子決済は銀行口座すら作ることができない世帯へ向けサービスが開始された決済方法。つまり、ＱＲ決済やバーコード決済をする行動自体がマウンティングの観点から見れば弱者であることを意味する。だが苹果は違う。彼は電子決済など信じず、カードのみにマウンティングの神が宿ることを知っている。それも彼のカードは見る人が見れば所有者がどれだけのお金持ちなのかわかる代物で、預金を気にせず『一括で』――俺は金額なんて気にしないぜ――とマウントを取るためだけに存在しているカード。――で、あるにもかかわらず彼はそのブランド力に溺れるあまりカード本来の一括で払うマウント力を捨て、年会費１０００万円もかかるカードを契約し、７９８０円の買い物を48回に分割しているのだ……。

「年会費のせいで持ち金を使いきって普段の買い物が満足にできないって、本末転倒すぎない？」

「く……クレイジーね……！」

月並が動揺するほどの奇行。

プライドにまみれたナルシズムの塊。

目的のためなら手段を選ばない残虐性。

「どれだけ馬鹿なんだ……」

「よっ……よんじゅうはちかいばらいでうけたまわります……！」

店員のお姉さんは予測しえない恐怖の数字に怯えながら、ただ静かにレジを叩いた。

「りょ、領収書はご入り用でしょうか……！」

「いただきましょう。宛て名は『株式会社グローバルクリエイティブデザイン・スマートテクノロジーズバリューエモーション・サイバーサイエンティクスネオホールディングスＣＥＯ。極光苹果』でお願いいたします」

「へ……？　へ……!?」

「オーバーキルするなよ」

気の毒に。店員さんはもう泣いてしまいそうだ。

圧倒的な違い（笑）を見せつけた苹果くんに僕らは気圧されながらも、渡された商品を手にしてテラスへと向かった。

6.

「苹果は会社を経営しているのか？」

席に着いて昼食を取り始めると響一が苹果君にそう尋ねた。

「アグリー。立ち上げたばかりのスタートアップ企業ですが、主に革新的でエキサイティングな商品を開発しています。今期は新たなテクノロジーにイノベーションを起こすため、新たなマテリアルを導入しているところです」

「結局何をしてる会社なの？」

てか、スタートアップなら人数そんなにいないでしょ。

社名についてるホールディングスって何だよ。

思うことは色々とあったが、響一たちは優しいのでツッコまなかった。

「未成年でも起業ってできるんですね……同い年なのに私とは大違いです……！」

「両親の力添えは不可欠でしたが、極光一族は常に時代の最先端を追い求める家系。同意を得ることは、非常にイージーでした」

クイッと肩を上げる苹果君に月並は「やっぱり」と微笑んだ。

「珍しい名字だからそうだろうとは思ってたけど苹果君、あの極光閃光の子孫なのね」

「アグリー。さすがは月並さん、素晴らしいアナライズです」

「一体誰のことだ？」

「勉強不足ねオコタン。極光閃光は『世界で初めて電話を発明したといわれている人』よ」

「「「え？」」」

電話を最初に作り出したのはグラハム・ベルだ。

こんなの、小学生でも聞いたことあるであろう周知の事実。

しかし月並の表情は真剣で、苹果君は自慢気に頷いている。

もしや政治的理由や何かで僕ら庶民には知らされていない歴史があり、本当は苹果君の先祖が作ったとでもいうのだろうか。

　仮にそうだとしたら世界の常識を覆す事実だ。

「電話の歴史に関係する偉人といえば世界的に3人の名前が知られている。1人はかの有名な『グラハム・ベル』。発明王の『トーマス・エジソン』。最後に、タッチの差で特許出願が遅れた『エリシャ・グレイ』。最後の一人はオコタンなら分かるわよね？」

「ああ……。エリシャ・グレイはベルと並ぶ優秀な発明家で、ベルとは互いに意識し合う関係にあった。2人は同じく電話を完成させていたが、特許の申請時間がわずか1、2時間違った理由で争い、結果的にはグレイが引き下がりベルが電話を開発した人物として有名になった……。この事実だけでも未だに歴史学者が様々な憶測で争っているというのに、苹果の祖先がその2人よりも早く電話を発明したとは一体どういうことだ……？」

「正しく言うと、この電話訴訟の事件に、幻の4人目が存在していたの」

「……まさか、その人物が極光閃光なる人物だっていうのか？」

　僕の疑問に月並は息をのんで頷いた。

「ある学者の論文では、グレイはベルより数か月前に電話を完成させていたらしいの。でも、当時グレイの共同開発者としてアメリカへ渡航していた極光閃光（あけぼのせんこう）が、電話の欠陥を見つけた」

「「欠陥……？」」

「ええ。彼はベルの電話をバケツの水に沈めてこう言ったの」

『――泡が出ている。もっと小型化できるだろう』

「「…………」」

なんだろう。どこかで聞いたことのあるエピソードだ。

「より小型化を推進すべく改良に数か月。試行錯誤している間にグレイはベルに後れを取る結果となったのよ」

「「嘘(うそ)つけ！」」

「うえ⁉」

「心外みたいな顔すんな！　今の完全にスティーブン・ジョブズの逸話じゃねえか！」

「え⁉　あのジョブズ氏までも閃光の真似を⁉　確かに電話の先輩だものね……」

「逆だよ逆‼　てか本当だとしても、明治時代にできた固定電話を水にぶち込むってどんな発想だよ！」

「発明家は常にハングリーであり、愚か者であるべきなのでぇす」

「ジョブズの名言じゃねえか！　確実に意識してるだろ！」

「のんのん。図らずも」

肩を上下する苹果君(じょぶず)。思えば服装までジョブズそのものだ。

「てか、名前も苹果じゃん……」

「クールにいきましょうボス。ヴォくが図らずも彼と引かれあってしまうのは必然。天才とはもしや、同じ結論に辿(たど)り着くものなのかもしれません。……それよりお腹が空きました。そろそろ頂きましょう。……うんうんアグリー。やはり珈琲(コーヒー)はブラックにかg――うぇぺっぺ！　――やはり……ブラックに限りますね……」

「大丈夫ですか苹果くん⁉　苦手なら無理しない方がいいですよ……！　砂糖とミルクもら

ってきましょうか？」

「しし、ししし、してませんよ？　砂糖やミルクなんて、子供じゃないのですから」

ちょびちょび珈琲を減らしながら我慢する苹果君――いや、彼のことはもう呼び捨てでいい気がする。月並と同じタイプで、気を使う必要はないタイプの人間だろう。

これはまた、変な人間が同じくクラスにいたもんだ……。

「頼むからこの学校の全員、常識ってものを知ってほしい……」

「常識？　ああ……凡人が仲良くするためのルールのことですね」

「それもスティーブン・ジョブズのセリフだよな」

「おやおや図らずも」

響一も思わずため息を吐く。この学園にまともな人間がいないなど今更の話だ。

「ヴォくはより多くを体験し、様々なネットワークを構築するためにこの学園へと入学しました。ぜひ皆さんの物語を聞かせてください。改めて、よろしくお願いしまぁす」

胸ポケットから出した名刺を片手に、彼は握手を求めた。

変わった人だが良い人には間違いない。少なくともこのふざけた笑顔は演技でないだろう。

「よろしく苹果君。千里でいいわ」

「尾古響一。よろしくな」

「東雲翼です……！　よろしくお願いします……！」

僕もみなに倣(なら)って挨拶(あいさつ)を交わす。

渡された名刺にはもちろん『株式会社グローバルクリエイティブデザイン・スマートテクノロジーズバリューエモーション・サイバーサイエンティクスネオホールディングスCEO。極光苹果(あけぼの)』と記されている。


結局何をしている会社なんだろう。

将来、こんな名前のベンチャー企業にだけは入らないようにしよう。

7.

「――いた！　代表！　月並さん！」

食事の後みなで談笑していると、お店の入り口に同じクラスの清水(しみず)さんと大熊(おおくま)さん――通称『まがいもの陽キャ(ハーナンシー)』さんと『人斬り抜刀斎(セイロニスト)』さんがキョロキョロと店の中を覗いていた。

不審な様子だったので暫(しばら)く見つめていると目が合い、目当てのものを見つけた表情で駆け寄ってきた。彼女たちは僕らの元へ辿(たど)り着くと焦ったような、怒ったような表情で言った。

「捜したんだよ2人とも！　スマホ見てないの!?」

「え？」

見るとクラスのグループチャットに多量の通知が届いていた。

「何かあったのかい？」

「Aクラスの代表が教室に入ってきて、佐藤零と月並千里を連れてこいって暴れてるの」

「ええ……!? どうして二人を……！」

「そうだよ！　呼び出しをくらう覚えなんて何も――」

言いかけて、僕は今朝の出来事を思い出した。

✷ ☽ ✷

『あれーここ私のクラスじゃないわ。私は「Sクラス」だものね！　「学年2番手のAクラス」じゃなくて、「最も優秀なSクラス」だものね！　うっかりうっかり！』

『あらダーリン！　もしかして貴方も間違えちゃった？　ここは「Aクラス」。私たち「Sクラス」の教室は隣みたいよ』

『さ、行きましょダーリン！　私たちは「Sクラス」なんだから（笑）』

✷ ☽ ✷

「「「…………」」」

途端に黙った僕をみなは不安げに凝視した。

「謝罪しに行くぞ月並……」

「ええ何で⁉」

「いいから！」

「私は悪くない！　悪くないもん！」

「悪くないって言ってる時点で心当たりあるんだろ！　いいから来い……！」

無理やり引っ張っても岩のように動こうとしない月並。

しかたなく皆で店を出ると、いつの間にか少し離れたところを不満げな顔でついてきた。

何だかんだ扱いやすいのが、こいつの面白いところだ。

「Aクラスの代表に目を付けられるとは、面倒なことになりそうだな……」

道中、響一（きょういち）が神妙な顔つきでぽつりとこぼす。

「本当だよ……。月並の奴、わざわざ敵クラスを煽（あお）るようなことして……」

「それもそうだけど、Aクラスの代表に問題があるんじゃないかと不安でね」

「怖い人なんですか……？」

「両親が様々な活動を支持する後援団体でね……話の通じる相手だといいんだけど……」

響一も直接会ったことはないと言っていたが、名を『由々式明（ゆゆしきあきら）』というらしい。

偏見はよくないと言って教えてくれなかったが、響一いわく、感情表現に富んだ人物なのだとか。

どちらにせよ相手はこちらに不満があって呼び出している可能性が濃厚なのだ。

今後の学園生活のためにも穏便に済ませるべきだろう。

ショッピングモールから歩くこと数分。

教室に着いたころにはもうすぐ予鈴がなる時間だったが、Ａクラスの代表は分かりやすく、皆に距離を取られながら僕の机で胡坐をかいていた。

響一の言う通り感情豊かで、目に見えてイライラした様子だった。

「君が由々式明くん？」

長い前髪がかかった瞳は切れ長で、ウルフカットに赤いズボンと非常に目立つ格好をしていた。僕の声に机から降り立ち上がると意外と、僕より身長が低い。おそらく１６５cm程度だろう。細身で塩顔の、今どきのイケメンだ。

「たぶん昨日の朝の件で来たんだよね。……ごめん。朝から由々式くんのクラスを月並が荒らして。僕からもこいつには——」

「ばっ、ダーリン……！」

「ちょっと待て……！」

「…………？」

二人の焦った様子に何事かと思うと、由々式くんは僕の元へ駆け寄り胸倉を掴んだ。

「え!?　ちょ待って由々式くん！　暴力はダメだよ！」

「……今、なんて言ったの？」

「え？」

「私を、何って呼んだ？」

怒り震える彼の視線に圧倒されながらも、僕は答えた。

「ゆ、由々式くん……？」

「――――!!」

彼はより一層不機嫌そうに舌打ちすると、僕を解放してヨロヨロと後方の机にぶつかった。

何事かと思い辺りを見渡すと、苹果君がやれやれと首を左右に振った。

「ボス。固定概念を捨てなければ、ビジネスの世界では生き残れませぇん」

「え……？」

「――佐藤様。由々式様は株式会社由々式貿易のご息女。彼ではなく、彼女にございます」

みなの反応に意味が分からずにいると、奥に夜桜さんと白兎くんの姿。

「え？　でもズボンを穿いてるし……」

「ズボンを穿(は)いてたら男の子、なんてはるか昔の価値観よダーリン。苹果(じょぶず)に夜桜環奈(よざくらかんな)に白うさぎちゃん。制服があってもこの学園は服装自由なんだから。まあ、制服を着ないのは学年の頂点だけというのが暗黙の了解。制服以外の物を着るってことは、自分が1番であることの意思表示――つまり、ダーリンへの宣戦布告って意味でもあるんだけどね」

「私(わたくし)が目の敵にしているのは月並(つきなみ)さんだけですがね」

「へーそんなに私のこと意識してたんだ～。私はアンタなんて意識してないけど？　アンタらみたいに外見を彩らなくても目立っちゃうから普通に制服着てるし（笑）」

「ヴォくはいちいち服装を考える時間が無駄なので、これを着ているだけでぇすが（笑）」

「制服があるから服装を考えるも何もないのでは……？」

「てかそれもスティーブン・ジョブズの逸話だよな」

「図らずも」

クソ。ツッコんでくれる奴がいなくて話が進む気配がない！

とりあえず、僕は俯(うつむ)く由々式(ゆゆしき)さんに謝罪することにした。

「あ、あのごめんね由々式さん。普通制服のズボンって男子が着るものだと思ったから勘違いしちゃった……ほら、名前も少し中性的だし」

「――――!!」

僕の言葉に彼女は目を見開くと低く唸(うな)り始め、こちらへ歩き始めた。

「普通制服のズボンを穿くのは男子……？　明って名前が中性的？　貴方、それだけの理由で私を男だと決めつけたの？」

　可哀そうな人。

　そう呟いた彼女の表情には、怒りと哀れみが混在していた。

「聞いて皆！　Ｓクラスの代表は脳にセメントでも流されたのかしら、女子がスカートを穿くって何千年前の常識？」

　由々式さんが廊下を歩いていた他のクラスの生徒にも聞こえるよう話だし、わらわらと他クラスの人たちが寄ってくる。

「え、男がズボンで女がスカートなんて強制の学校今どきあるの？（笑）」

「もしかして佐藤君ド田舎出身なんじゃない？　個人情報が洩れるからインターネットは危ない！　とか言ってた時代で情報が止まってるのかも（笑）」

「とんだステレオタイプだな（笑）」

　彼らが何を言っているのかは分からなかったが、馬鹿にされている事だけは理解できた。

　由々式さんは僕に一歩詰め寄る。

「じゃあ何？　貴方は女性が全員スカートを着用して、可愛らしい名前で愛嬌を振りまいていないといけないとでも言うの？　ああなんて恐ろしき偏見！　時代の先を行く日本随一の学園として恥ずべき思想。これは忌々しき問題よー」

「え!? そんなこと一言も──」

「じゃあ普通ズボンを穿くのは男子ってどんな意味よ!?」

「世間一般的な高校は男子がズボンを穿いてるし──」

「根拠がなくとも多数が選べば正解なの!? マジョリティーがマイノリティーを潰している様はまさに日本の課題! これは忌々しき事態よ! 正しいことを正しいと言える社会の形成が必要よー!!」

叫びだす由々式さん。

強い正義感に僕は気圧される。思わず身を引くと、彼女はより一層険しい顔をした。

「何!? 自分より身分の低い人とは言葉を交わす意味もないって言うの!? これは人権侵害よ。弱き者が搾取され強い者だけが得をする、格差社会が生んだ忌々しき事態よー!」

「分かった話す! 話すから落ち着こう!」

そう思って彼女の方を向き直すと、

「いやらしい目で私を見るなー!!」

「ええええええええええええええ!?」

思い切り顔を殴られ数メートル吹き飛ばされた。

「君がこっちを見て話せって言ったんじゃないか!」

ジンジンと痛む頬を擦りながらツッコんだが、彼女は聞く耳など持たずに続ける。

「今、彼は間違いなく私の胸元を見ていたわ! 格下だからって馬鹿にしてる!! これは忌々しき大問題よー!!」

恐怖した。Aクラスの人間ですらこのウザさ。このままではストレスで身が持たない!

「大丈夫ダーリン!?」

「うわああ僕の傍に近寄るなああ!!」

手を貸そうとしてくれた月並を思わず拒絶する。

「あ、一番ウザいけど味方だった……」

「今からは敵同士だけどね」

僕と月並が物理的にマウントを取り合っていると、呆れた夜桜さんが由々式さんの前に出た。

「一向に話が進みませんね。貴方様の目的は結局のところいかがなことでして?」

埒が明かない事態に場を仕切り直してくれると、由々式さんはワナワナと怒りを露わにする。

「私は怒りに打ち震えているのよ。貴方たちSクラスにね」

彼女は僕を見下し、心底蔑んだ表情で言った。

「……僕と月並がAクラスを荒らしたから？」

答えたが、由々式さんは首を振る。

「理由を教えてあげましょうか？」

「……うん」

非がこちらにあれば謝罪をするべきだ。

僕が頷き静かに立ち上がると彼女は薄く笑い、

「――何でもかんでも人に頼るなー!!」


……今度は、僕の鳩尾を蹴り飛ばした。

「「「えええええええええええ!?」」」

鮮やかな手のひら返しに行く末を見守っていたSクラスの皆もさすがに叫んだ。

「自分で頭を使わず他人に答えを求めてばかり！　調べれば答えが出てしまうネット社会が生んだ闇！　これが敗戦国の末路よ！　義務教育の敗北よー!!」

「もう何なんだよこいつ!!」

いい加減本気でイライラしてきた。すると、月並に手を指し伸ばされる。

「彼女は全肯定主義者。あらゆる項目を問題化し、炎を操る能力を持つわ」

＊ ☾ ＊

SNSのリプ欄にて
『キモオタは部屋から出るな！　日本が衰退したのは政府のせい！　肉を食べるなんて動物虐待！　車に乗る人は環境を破壊している！　同じ料金で席の場所が違う映画館は不平等だから割引！　子供の遊び声がうるさいから公園を潰せ！』

『矛盾しててワロタ』

『好き嫌いと善悪を混同するな』

『SDGSが17項目あるの知ってる？』

＊ ☾ ＊

「操れてないじゃないか」

月並が見せてくれたSNSのリプ欄では、一部の界隈を除いて大体の人からは総バッシングを受けていた。

「優劣波紋使いは惹かれあう……この『魔術師の炎』と『月の白金』。どちらが強いか、ハッキリさせる時が来たようね」

「おい魔術師の炎ってなんだ」

彼女はクラスを見渡すと、最後に僕を睨んだ。

「こんなアホ面が代表なんて貴方たちSクラスは恥ずかしくないの？　私は今朝の件を含め、この差別主義者が1学年の代表だなんて決して許せない。そして、貴方たち二人もね」

月並と夜桜さんが交互に指をさされた。

「貴様、環奈様になんたる無礼を」


「異性の体に気安く触るなんて最低ね！」


その指を白兎くんが振り払うと、いよいよ不味い空気が教室に流れ始めた。

「私はこの学園を背負う次期リーダーとして、貴方たちなら問題ないと考えていた。だから夜桜さん、貴方にも勝ちを譲ったのよ！」

「譲った？　はて、まるで自ら負けを選んだような口ぶりですね。かような実力も持ち合わせていらっしゃらないのに」

「だというのに、貴方たちはこんな……ただの一般人に負けた。それも、身体的特徴を揶揄する最低の方法で！」

僕への敗北を掘り返され、さすがの夜桜さんも顔を赤らめた。

「あまつさえ、月並さんは自ら佐藤零に服従し女性の尊厳を貶した。これは忌々しき事態よ！」

「好きな人とスキンシップを取って何が悪いのよ」

由々式さんは最後に僕へと軽蔑の眼差しを向けた。

「でも全て分かっています。それらが全て、この男の差し金だということに」

「……え、僕の？」

「貴方たちはこの佐藤零という男に弱みを握られ操られているのです。可哀そうに。付き合えば恋人というていを盾に性的搾取をされ、付き合わなければお前の恥ずかしい写真を広めると脅されているのですよね。付き合いたくて付き合っているわけではないのですよね」

「ちょ、マジでこれ以上変な噂広げるのやめてくれない？　ただでさえ女子棟に潜り込んでドアの隙間から月並の部屋覗いてたとか、夜桜さんに手を出したとか根も葉もない噂が広がってるんだから」

「前半は本当じゃない」

「好きでもない男に服従するのはさぞ辛いでしょう。だからAクラスが次の優劣比較決闘戦でSクラスに勝利し佐藤零を退学処分に追い込む。そして、あなた方を救ってあげます」

「いや私は本当にダーリンのことが――」

「いえ私は本当に佐藤様のことを――」


「ですよね、すぐにおやめなさい。やめたら貴方たちはすぐ幸せになれますよ」


「何で今幸せじゃないみたいに決めつけてるのよ」

「貴方様の都合のいいように解釈しないでいただけます？」

強引に話を進める彼女に二人は不快感を示したが、由々式さんは構わず続けた。

「とにかく！　次の戦いで学園の歴史が覆ることになる！　未だかつてSクラスの代表が負けたことがないという歴史が！」

彼女は憎しみを表現するように歯を食いしばりながら、僕の机を蹴り飛ばした。

「熨斗紙を用意しておきなさい佐藤零！　貴方は3週間後のバトルで別れの菓子折りを配ることになるわ！」

彼女はそれだけ言うと堂々とした態度で教室を出て行った。

クラスメイトたちがこそこそ僕の話をしている中、黙々と自分の机を元に戻す作業は何とも居心地が悪かった。

8.

「由々式明(ゆゆしきあきら)が使っているのは流行(トレンド)を武器にしたマウンティングだな」

6限の比較学、先ほどの事件を聞きつけた氷室(ひむろ)先生が冷静に解説を入れてくれた。

「流行……？」

「代表、無能論だけでなく流行すら知らないの……？」

「自分が劣ってると自覚してるなら予習でもしてこいよな。さっきの戦いも圧倒されてばかりでなんの反論もできてなかったし」

「今どき問題意識も低いし頼りないよね」

「ほら、ちょうどあんな感じ」

僕への誹謗中傷(ひぼうちゅうしょう)を良い例として指さす先生。

「クラスメイトに虐(いじ)められる僕を助けようとは思わないんですか？」

これが普通の学園ならまだ僕も平気だが、生徒たちが金融や不動産など大企業の子息ばかりなのでアウェイ感が余計に強い。疎(うと)まれる扱いは中学までで慣れているが、それでもこうも皆に呆(あき)れられるとそんなにダメなのかと少し不安になった。

「詳しく解説すると知識型と肯定型の能力になるんだが、今のお前にはまだ早いから簡単に説明しよう」

先生は板書を始める。

「人間ってのは常に他人と違うものを追い求める。個性とはその人物を体現する価値そのものだ。アメリカで英語が話せても希少性などないが、日本で話せたら価値が上がるのと同じ。他の人間にはない力やアイデアを持つ人間ってのは、どこの世界でも求められる」

確かに、イケメン俳優がバラエティで一発ギャグをしてみたり、動画投稿者がスライム風呂に入ってみたり、皆他人と差別化を図るのに様々な趣向を凝らしている。

「絶対比較主義者（マウンティスト）の世界ではその性質が如実に表われる。これは時代にそぐわない例えだが……トングを使って街のゴミ拾いをする行為と、メスを使って人の命を救う行為。どちらが希少性の高い行為で、自慢……つまりはマウントになると思う？」

ゴミ拾いは誰でもできるが、手術は優れた学習能力ととてつもない努力が必要。

世界に仕事が2つしかない場合、多くの人間が後者から外れるのは想像に難くないだろう。

「……人の命を救う行為です」

「そう。代わりが利かないからこそ価値が上がり、地位も、金も、得られるもの全てが変わる。俺たち人間の遠い祖先はみなが海で生きる中、陸に上がり成長を遂げた。海で生きるのが一般的な世界で唯一の行動を取った。その結果、陸に上がる生活が流行となり、生き物は新たな成長を遂げたんだ」

革命だよ。

先生の口調は真面目で、みなも真剣な眼差しで先生を見つめ返す。

マウンティング蔓延（はびこ）る学園で僕はある意味、希少なのかもしれない。

「希少な存在であり、他とは違う変化を行える存在ってのはいつだって現れる。性的平等を掲げる我が校も服装自由、髪型自由、宗教自由、お代わり自由を掲げているが、少数派が声をあげるのは非常に勇気がいる行動なんだ」

「お代わり自由!?」

餌（えさ）があるかも分からない。

息ができるかも分からない。

そんな中陸地に上がった最初の魚は、生物史に残る英雄なんだ。

お代わり自由に引っかかってしまったが、先生の説明には非常に納得がいった。

「特に、他人の意見に合わせるのが当たり前とされる文化の日本では、最先端の意見や取り組みを行える人間は希少。陸に上がる勇気のない魚同様、おかしいことはおかしいと言える人間を、世の中には様々な趣向や考え、悩みを抱えている人がいると叫べる人間を、陰ながら支持する人が大勢いるんだ」

強制はよくない。だが、理解は必要。

先生の鋭い視線に、僕はドキッとした。

「佐藤。お前は由々式を見た目と名前で男だと断定した。お前がこれからも海の中で生きる化石になりたいならその考えでも構わないが、陸に上がりたいのならばその思想は危険だ。石器―剣―弓矢―銃―大砲―ミサイル。新聞―ラジオ―テレビ―配信。手紙―メール―電話―パソコン―スマホ―VR。常識はいつでも常に変化している。今の時代にパソコンを扱えない社会人が存在するか？　凝り固まった思考を持った人間。……極光、そいつらを世間の人間たちは何と笑う」

「時代遅れ（笑）」

先生の問いかけに笑った苹果の表情は、マウンティングそのものだった。
言われてみると僕が間違っていたのかもしれない。僕にとってのスマホは普通だが、祖父は使いづらいと嘆いていた。自分の慣れ親しんでいるものが全てとは限らないのだ。
僕は素直に反省し、この学園の価値観を受け入れてみることにした。

＊ ☽ ＊

とある日のお昼休み、学内の飲食店にて。

「僕醤油ラーメンで。月並は？」

「私も同じので」

月並とラーメンが来るのを待っていると、奥の席に別クラスの女子生徒が座った。

「私『無農薬有機野菜と国産豚肉を使用した、無添加無香料の——」

「随分健康的なメニューだな……」

「意識高い系ね」

「——士郎系ラーメン油からめニンニク増し』でお願いします」

「有機野菜の無駄使い!!」

「知能低い系ね」

「あと『天然由来の自家製エナジードリンク』もお願いします」

「地獄みたいな組み合わせだな！」

「オーガニックなら平気と思ってる生き物なのよ」

そ、そうだ。世の中にはいろんな価値観があるんだ……！

とある放課後、僕の自室にて。

「月並、僕もう勉強疲れたよ……ちょっと休憩していい……？」

「仕方ないわね」

クラス決め前の約束通り僕の勉強を手伝ってくれ始めたのはいいが、何せ月並はスパルタで、普段とは打って変わり真面目に指導してくれたから心が休まらなかった。

「ん。何だろうこれ。丁寧な暮らし……」

お気に入りの動画配信を見ようと思ったら、『あなたへのおすすめ』と気になるタイトルが表示され、視聴してみることにした。

『みさきのＭｏａｎｉｎｇ　ｒｏｕｔｉｎｅ☆』

「朝５：00起床して白湯飲むんだって。凄いね」

「モーニングのスペル間違ってるわね」

『Ｂｒｅｃｋｆａｒｓｔ☆』

「ねえ朝６：30から自分で焼いたパン食べてる」

「誰が一般人の朝に興味あんのよ。またスペル間違えてるし」

『行ってきます☆』

「凄い。その後８：00までずっとストレッチして家を出た」

「そんな暇あるなら英語の勉強でもしなさいよてか英語表記最後まで貫きなさい」


いろんな価値観があるから……。

✵
☽
✵

とある日の授業中、美術室にて。

「うーん素晴らしいね。まさに現代の複雑さを説いた秀逸な作品だ」

苹果が白紙の上に絵具をぶちまけた絵を見て先生は唸る。

「タイトルは『裂帛』でぇす」

「自由に描きなさいと言った私の矛盾に苦しみ叫び倒したということだね。自由にと言いながら描くことを強制される不自由の苦しみに赤の絵具を使い、頭上から筆ごと落とした衝撃で広がる飛沫で自由なようで不自由な現代人の心の爆発を表わしたわけか。ううん正にアート」

「アグリー」

「なあ、あいつ転んで絵具ぶちまけただけだよね。アートって結局何なの」

「芸術の世界は誰かが分かったような顔でアートって言えばアートになるのよ。あういう人は床に眼鏡置いただけでもアートって言い始めるから」

いろんな価値観が…………。

＊
☾
＊

「あー毎年いるよ。佐藤(さとう)君みたいに具合悪くなる生徒」

金曜の放課後、比較学の途中で体調が優れなくなったので保健室へと赴いた。

「マウンティングに慣れてない一般受験組と佐藤君みたいなスカウト組が大半さ。精神的なものだから暫(しばら)くすれば収まると思うよ」

社会に疲れ果てたような表情の男性養護教諭は念のためと、吐き気止めを処方してくれた。

「でも僕が悪いんです……マウンティングを理解できる頭の柔らかさがないから……」

「そうなの？」

「体に悪い食べ物なのにオーガニックだし、モーニングルーティンは寝起きとか言いながらばっちりカメラセットしてあるし、訳分からん絵も1人がアートって言えばアートになるし……。多様性に富んだこの学園で、その良さを理解できない僕が悪いんですよ……」

先生はアゴを撫でながら「うーん」と唸った。

「そもそも、マウンティングなんてクソだからね」

「………？？？」

この人は今、なんと言った？

「私は外部から派遣されてるただの医療従事者だからハッキリ言うけど、この学園は異常だよ？」

「この学園が、異常……？」

彼は間違っている。世の中マウンティングが支配しているのだ。

そのように伝えると、彼は笑った。

「なわけないじゃない。毎年ここに来る生徒は皆同じことを言う」

そして私は例年こうしてやるんだ。そう言って先生は僕の頬を強くビンタした。

「いてえええええ！」

「目が覚めたかい？」

「何がですか！」

泣きそうになりながら怒ると、彼は笑った。

「佐藤君今、マウンティングが全てを支配していると言ったのを覚えてる？」

「何を馬鹿なことを……それじゃまるで僕がこの学園の連中と同じ――」

あれ？

「………!?」

「目が覚めたようだね」

彼は椅子を90度回転させると机に向かって何かを書き始めた。

もう患者である僕の容態に興味はないようだ。

「私も色々あって職を転々としているところを拾ってもらった身だからこの学園には感謝しているけど、自分の思想を他人に押し付けるなんて三流のすることだね」

先生は疲れた表情のまま笑った。

「明日からの土日、この学園から出て東京の街を歩きなさい。時代と流行は確かに変わるけど、そんな急速に世界は変わらない。たくさんの衝突とすれ違いがあって、やっと平らになっていくんだ。水が河川を削るように、ゆっくりとね」

先生の言葉に僕はまた涙を流しそうになっていた。

そうだ。価値観を認めるのは大事なことだが、無理やり押し付けるものじゃない。

皆の流れの逆を行く僕の頑なな価値観も、それはそれで大事な進化の過程なのだ。

「―――！」

9.

ストレスで体調を崩した週の土曜、僕は初めてのまともな休日を過ごすため、朝早くからそそくさと敷地内を移動していた。というのも――。

18：20『明日は空けておいてねダーリン。貴方の苦手な数学を重点的に教えてあげるから』
23：05『もう寝ちゃった？　ダーリンの成績じゃこの学園ではマウント取れないから。もし今ゲームでもしてようものなら別にいいけど、時間を決めてやらないとね』
0：39『私も寝るから。朝起きてこの連絡を見たらちゃんと勉強の用意をしておいてね』
6：09『おはようダーリン。まだ寝てるの？』
8：58『ダーリン？』
9：00『私から逃げられるとでも思ってるの？』

勉強を強要する月並（つきなみ）がメンヘラのごとくメッセージを送りつけてきているからだ。

未だに返信してないが、最後の文にどのような意味が込められているのか不安でたまらない。

僕は帽子を被り視線を下げて学園内のロータリーを歩く。

幸い、知り合いに声を掛けられることもなく校門を潜（くぐ）ることができた。

少し歩いて四ツ谷駅。僕は感動のあまり声を上げた。

「これが……優劣比較決闘戦（マウンティングバトル）のない世界……！」

一人で声を出す僕をチラと見る人と目が合う。

そして、目を逸らされる。


目と目が合っても優劣比較決闘戦が起こらない！


みなスマホを凝視しながら誰にも絡むことなく改札を通り抜けていく。

「……綺麗（きれい）だ……！」

誰も他人を気にしていない。

実のところ、本当に不安だったのだ。僕がいつの間にか異世界転生し、剣と魔法とマウンティング溢（あふ）れるファンタジーの世界に飛ばされてしまったのではないかと。

「――――！」

こうしてはいられなかった。

久方ぶりの自由(シャバ)。今のうちにマウントのない世界を堪能しなければ。

「おっと危ない……！」

スマートウォッチで改札の支払いを済ませたところ、腕に天秤時計(マウンター)がついていることに気が付いた。校則で外してはいけないと決まっているので外せないが、万が一これが目について月並(つきなみ)に僕の居場所が割れたとなれば面倒だ。

左手首を隠しながら電車に乗る。

扉に一番近い席に座ると、向かいの席に変わった和風の装いをした女性が腰を落とした。

頭にはヨーロッパ貴族のようなカクテルハットを被っており、大正時代から抜け出してきたかのような風貌。

顔はよく見えなかったが見た目はもちろん、所作佇(たたず)まいが非常に綺麗(きれい)な人だった。

やはり東京には個性的な人がいるんだな。

埼玉の辺境出身で、出不精だった僕からすれば都会は魔境だ。

他にも髪の毛をドレッドヘアにした男性や、ゴスロリ衣装を着た女の人など、田舎でなら目立つ人々が少なからず席に座っている。

昔は怖い人たちだと敬遠していたが、優劣比較決闘戦(マウンティングバトル)を経験した今は尊敬に似た興味が湧いていて不思議だった。少数派の姿をした彼らはきっと偏見を持たれるだろうに、あんなに堂々とした表情をしている。

　きっとあの人たちにはあの人たちなりの心の柱があって、マウントなんてしょうもない攻撃、少しも効きはしないのだろうな。

『次は渋谷〜。お出口は左側——』

　そんなことを思っているとあっという間に目的地へと着いた。

　席を立ち、皆に交じって電車を降りる。

　慣れない渋谷は想像以上に混雑していて、特段目的もないので流れに身を任せて立ち止まれる場所を探した。

「田園都市線……」

　暫（しばら）く歩行者の少ないところから改札を見る。ああ、これがかの有名な田園都市線か。毒舌系で有名な芸能人が、田園都市線に乗る人は性格が悪いからこの路線が嫌いだと言ってたな。ネット上でもセレブ気取りの田舎者が集まる路線なんて書いてあったけど、本当なのだろうか。だとしたら相当量の絶対比較主義者（マウンティスト）が紛れ込んでいる危険な路線になるが——。

「——っは！　僕はまたマウントのことを！」

せっかくの休日なのだからマウントのことなど忘れてリフレッシュしないと。

「たった2週間でここまで毒されるとはな……」

それだけ強烈な学園なのだ。忘れろ。あれは悪い夢だ……。


「──もし……」


自分を律していると、横から袖(そで)を掴(つか)まれた。

何かと思うとそこには先ほど僕の目を奪った和装の女性がいた。

先ほどは座っており気が付かなかったが身長が意外と低い。

「あ、あの……なんでしょう……？」

まさか逆ナンというやつか!?

期待し応答を待ったのだが、彼女は言葉を発さず静かに顔を上げた。

その顔は見覚えのある美少女のものだった。

「夜桜(よざくら)──『──!!』」

彼女は背伸びをしながら僕の口元を勢いよく押さえた。

何事かと思うと、夜桜さんが視線で横を指す。

見るとそこには辺りを見渡すスーツ姿の長身——白兎くんの姿があった。

彼はしばらくその場でキョロキョロすると、速足で南改札方面へと去っていった。

「————」

僕と夜桜さんは安堵の溜め息を吐く。

彼女はやっと僕から手を放した。

「……夜桜さん、もしかして僕のことつけてた？」

「やはりお気づきではございませんでしたか。電車内で視線を逸らしたのは、零世に気が付かれないためかと思っておりましたが、どんどん先へ行ってしまうのですもの……」

残念そうにする夜桜さん。

「ああそっか。背が低いから人混みは苦手なのか」

「余計なお世話です！」

キャンキャン吠えると彼女はすぐに口元を押さえた。

「ひとまず、身を隠しましょう」

「待ってよ。話が見えない」

訴えると、夜桜さんは僕にスマホの画面を見せてよこした。

18：00『環奈様、お食事の時間ですのでご一緒いたします』
18：15『呼び鈴を鳴らしましたが、いらっしゃらないようですのでお帰りをお待ちしておりします』
21：00『もしやお疲れで寝てしまいましたでしょうか？　夜更かしは美容の大敵。さすがにございます！　私も一旦休息いたします故、明日、お迎えに上がります』
5：00『おはようございます環奈様。本日の最高気温は24℃で晴れ。私とのデートには最適の気候でございます』
7：00『環奈様？　もしや何か面倒ごとに巻き込まれていらっしゃいますか？』
9：00『ご安心ください。必ずや見つけ出してみせます』

「うわあ……」

見覚えのある一方的なやり取りにドン引きしつつ、僕は彼女が僕と同じ状況にあることを理解した。

「じゃあ服でも買いに行く？」

「……？　どうしてです？」

「だって、その服装じゃ目立つでしょ……？」

「そうでしょうか？」

言いながら自身の服装を確認する夜桜(よざくら)さん。

和風のスカートに白シャツ。振袖(ふりそで)風のパーカにカクテルハットが世間一般では珍しいことを知らないあたり、浮世離れのお嬢様らしい。

「普通の人は和服なんて着ないもん」

「――――普通」

笑った僕に対して、夜桜さんはその真ん丸の瞳で僕を静かに見ていた。

どうしたのだろう。深く疑問に思う間もなく彼女は「普通、ですか……」と頷いた。

「問題ありません。零世は臭いで私の居場所を暴き出しますから見た目はあまり関係ないのです。今日はあの子の嫌いな匂いの香水をつけているから多少は敬遠できるはずですので……」

「対処法がゴキブリのそれじゃん」

気持ち悪さで人に迷惑をかけている点では害虫と同じかもしれない。

「僕も月並に追われてるから、目的は一緒みたいだね」

「じゃあ佐藤様も何か買い物をしにきたというよりは、気分転換に？」

「うん。マウントと月並から逃れたくて」

「心中お察しします」

夜桜さんは苦笑いすると、少し間をおいて顔を赤らめた。

「もし行き先を決めていらっしゃらなければ、私と一緒に街を見て歩いてはみませんか？」

意外な提案に僕は驚きを隠せなかった。でも確かに、慣れない都心を一人で歩くのには不安があるし、苦手意識を持つ夜桜さんと距離を縮めるチャンスだとも思った。

前回のバトルもなんとなく後味悪く終わってしまったし、しっかりここで関係を構築しておくべきだろう。

「いいね。じゃあ一緒に遊ぼっか」

「嬉しいですわ」

心のこもった笑顔に僕も思わず嬉しくなる。

「ふふ……そのように嬉しそうな顔を。私と二人きりで遊べるのがそんなに喜ばしいですか？」

悪戯に笑う夜桜さん。急にどうしたんだろう。

「あ、そっか……」

きっと夜桜さんも僕との関係に気を使ってくれているんだ。彼女は見た目や口調、初めのインパクトのせいで薄れがちだが、あの学園では僕に対して非常に友好的な人なのだ。

「うん！　嬉しいよ」

「うえ……!?」

素っ頓狂な声を上げて彼女はのけ反った。

しかし次の瞬間、再び悪そうな顔をし僕の顔を覗き込む。

「いくら魅力的な私と二人きりだからと、間違いを犯さないように気をつけてくださいませ？」

間違い？　ああ、そっか。

「うん。渋谷は人も多いし複雑だもんね。道を間違えないようにしないと」

「もー！　もーもーもー！　もー！　ちーがーうー!!」

「痛い痛い！　え!?　なになにごめんごめん！」

ぷくーっとしながらしきりに叩いてくるのでよく分からないけどとにかく謝った。

「授賞式で言ったこと……覚えていないのですね……」

「え、何が?」

「何でもございません！　佐藤様の馬鹿！　阿呆ー!!」

「いてて！　頭突きやめて……！」

弱い打撃を連続で食らったが、夜桜さんは暫くすると大人しくなって溜め息を吐き、笑った。

「まあよろしいですわ。私の手にかかれば貴方様などイチコロですから」

確かに、僕の実力じゃ夜桜さんになど敵わない。

「参りましょう。渋谷を思う存分楽しむのです」

「そうだね。月並と白兎くんのことを考えると、あまりのんびりしてられないし」

僕らは頷き、渋谷の人混みを歩き始めた。


「――――」


そして、ものの数分ではぐれた。

「夜桜さん!?」

さすが渋谷。

これだけの人混みで小さい夜桜さんと歩けば見失うのもあっという間だった。


『――東口のタクシー乗り場で待っていてください！』


暫くすると若干イラついた声音の夜桜さんから着信があった。

タクシー乗り場まで歩き10分ほど待っていると、1台のタクシーが僕の前へと止まった。

開いたドアからは不機嫌そうな夜桜さんの姿。

「これだから人混みは嫌いです！」

「まあ理由は聞かないでおくよ」

苦笑いしていると彼女が車から降りようとしないことに気が付いた。

「降りないの？」

「ええ。このまま草津へ向かいます」

「なるほどね。車なら小さくても人混みに流されないわけか」

「お黙りください!?」

ぷりぷり怒る夜桜さんに笑いながら車に乗り込み、暫くして違和感に気が付いた。

「……草津？」

第二章　普通そんなことしないよね（笑）

1.

「心地よいですわね佐藤様」

「そうだね……」

艶やかな足を湯に浸けながらトロロンと微睡む夜桜さん。

目前には全国より一足遅く咲いた満開の桜。

麗らかな春の風に散らされて、湯面は桜色に彩られている。

「まさか本当に草津まで来ることになるとは……」


休憩を挟みながら高速道路を4時間。

知らないタクシードライバーのお姉さんと3人で話していたら、いつの間にか目的地へと着いていた。

「お昼のお蕎麦もおいしゅうございましたね。鴨の出汁がよく効いていました」

「効いていたけども！」

「ども？」

「非日常が過ぎるよ夜桜(よざくら)さん！」

「あら、ご不満にございましたか？」

「不満ではないけど……さっきまで東京にいたのに今は草津温泉にいるって現実が受け入れられなくて……」

夜桜さんは目を瞑(つむ)ったまま笑う。

「タクシーに乗るお金も、温泉に泊まり帰る時間もある。何も問題はございませんでしょう」

「それはそうだけど……」

草津までの高額なタクシー代も、これから泊まる宿代も全て彼女持ちだ。

いくら日本一の大企業令嬢といえど規格外が過ぎるだろう。

「普通、何もない土曜日に突発で草津温泉まで行くと思わないじゃん……」


「…………」


到着し無料の足湯に浸かること十数分。

足だけとはいえそろそろ血行もよくなり熱くなってきたので出ようとすると、夜桜さんも静かに湯から上がり、足を拭いた。

「……とにかく、来てしまったのですから楽しむほかありません。温泉といえばリラックス。

マウントのことは忘れ、温泉街を心ゆくまで堪能いたしましょう」

「あの……夜桜さ——」

「飲み物を買ってまいりますわね。ごゆっくり準備をなさり、こちらでお待ちください」

彼女は矢継ぎ早に東屋を出て少し先にある自販機へと歩いて行った。

何か不満そうな表情をしていたのは気のせいだろうか。

いやきっと気のせいではないのだろうが、今の僕には何が満足いかなかったのか分からない。

僕と彼女はまだその程度の関係なのだ。

そうだ。その程度の関係なのだ。その程度の関係なのに。


「二人で温泉っておかしくね？」


今思うと男女で宿泊って不味くないだろうか。

これって付き合い始めて半年くらいしたカップルが起こすイベントではないのだろうか。

「——佐藤様、お茶を買って参り——佐藤様!?　のぼせてしまったのですか!?」

「え？　のぼせてないよ？」

「お顔が真っ赤にございます！」

お、落ち着け佐藤零。

さすがにこれはチェリーがすぎる。

夜桜さんに対してこんな邪な感情を抱くなんて僕はなんて最低な奴なんだ！

いやでも仕方なくない？　僕だって男だ。それも思春期真っ盛りの男子だ。

こんなに可愛いのに危機感を抱かない夜桜さんにも問題があるって。

『そうだ。人は過ちを犯して大人になっていくんだ。遠慮なく――』

は⁉　君はいつぞやの悪魔‼　僕はもう騙されないぞ！

『遠慮なく温泉に濃硫酸混ぜちまえ』

悪意のベクトルを間違えてるよ悪魔ぁ‼

『だめです！　悪魔の言うことは聞かないでください！』

来たね天使！　そうだ！　悪魔に清い一言をかましてやれ！

『温泉には入浴剤「草津温泉の香り」を混ぜるのです！』

本物に混ぜるなよ天使ぃ‼

『力が欲しいか？』

君は魔王サタン！　もう何でもいい。悪魔と天使を止めるためだ。僕に力をくれ！

『たまには自分で努力しろよ』

『聞こえますか。僕は10年後の君自身。努力しなかった結果、僕は世界を守ることができなかった……』

てめえらマジで許さねえからな！

「——佐藤様……？」

は！　のぼせて変な幻覚を見ていた気がする。

僕は夜桜さんからお茶をもらい、少しして立ち上がった。

「確かに夜桜さんの言う通りかも。来ちゃったんだから、楽しまないと損だよね！」

せっかくの休みに邪な気持ちなんていらない。

滅多に来られない有名観光地なのだから、存分に楽しんでデトックスだ！

草津に来て驚いたのは料金を払わずとも入れる温泉が複数あるということだ。

僕らは初め、そのサービス精神旺盛な共同温泉を楽しんでいたのだが、いやらしい意味ではなく一緒に入れないのが残念だったので、途中からは共に入れる足湯を満喫していた。

「さすがにこのくらいは奢らせてよ！」

「無理はしないでください。私が連れてきたのですし、全て私がお支払いしますわ！」

そして今はアイスの料金をどちらが負担するか、お店の前で揉めていた。

足湯で温まりながら食べるアイスって最高じゃない？　との僕の天才的提案に夜桜さんもテンションが爆上がりしていたのだが、どうしても彼女が奢ると言って譲ってくれないのだ。

移動費も宿泊費も食費も彼女持ち。少しくらい払わせてくれてもいいじゃないか。

「このくらいは平気だって！　少しくらい払わせてください！」

「嫌です！　今日は全て私が支払うと決めたのです！」

お店の前で揉めること数分。道行く観光客や店員さんに微笑ましい目で見られるのが少し恥ずかしくって、僕もちょとだけムキになっていた。

「じゃあせめて！　せめて割り勘に――――！」

びちゃ。

お金を返す前にソフトクリームを奪われまいと抵抗すると、後方に何かがぶつかった。

「――――あん？」

「――――!!」

今の僕をわかりやすく表現するならムンクの叫びが相応しいだろう。

ナイスでイカしたお兄さんお姉さん一行は、服についたソフトクリームを見て驚愕した。

「うおお俺の12万の革ジャン！」

12万……。

「……夜桜さん」

「なんでしょう佐藤(さとう)様」

「カツアゲ代、割り勘でいい？」

「男の尊厳はいずこに!?」

そんなやりとりをしていると、お兄さんに肩を掴(つか)まれた。

「にいちゃん、ちょっと待ちな」

「ひえ――」

2.

「ほい。悪かったなデートの邪魔しちまって。少ない小遣い使って彼女と草津って、兄ちゃん将来いい男になるぜ」

厳ついお兄さんは2人分のソフトクリームを僕に手渡すと、肩をポンと叩(たた)いて仲間の元へと歩いて行った。

「あ、あの！　服の弁償とか――！」

「あー気にすんな。洗えばいいんだよこんなの」

「え、あの、えーっと……！」

僕はどうすればいいのか分からず、とりあえず頭を下げた。

「汚してすみません！　アイスも、ありがとうございました！」

片手を上げて去って行ったお兄さん。

お友達に背中を叩かれ、小突き返しているあたり普段はそんなキャラではなく照れているのかもしれない。でもまさか、高額なブランドの服を汚されても怒らないどころか、ソフトクリームまで買い直してくれるとは……。

お店のベンチに座り買ってもらったアイスを口に含む。

草津の抹茶はお兄さんみたいに渋くもほんのり甘みがあり非常に美味だった。

他人に迷惑をかけておいて変な話だが、あの人の行動を見て清々しい気持ちになったし、僕もあんな余裕のある大人になりたいと思った。

「人のできたお方でしたね」

アイスを食べ終わり夜桜さんが笑う。

「そうだね。すっごく意外だったけど……」

すると彼女は不思議そうに首を傾げた。

「意外、とは？」

「てっきり人気のないところに連れて行かれるか、最悪夜桜さんにも迷惑をかけることになるかと思った」

「……はて。いかにしてそのようなことを？」

３度目。

不快そうな夜桜さんの目線に少し怯む。

「だって、あの見た目だもん。普通ただではすまないと思うよ」

「再び『普通』ですか……」

彼女は呟くと、ベンチから立ち上がった。


「佐藤様にとって彼は普通じゃなかったのでしょうか？」

バトルの時に見せる厳しい表情に気圧される。

やはり地雷を踏み抜いたようだ。

「普通、見た目の派手な男性は暴力的。普通、一般的な土日に県外へ旅行などいかない。普通、世間一般の人間は和服など着ない。本日佐藤様は３度の普通を語られました」

ゆっくりと歩き始めた夜桜さんを僕もゆっくり追いかける。

「確かに傾向はあるでしょう。類型を知ることで人は社会への適応段階を省くことができ、コミュニケーションを容易にします。また、帰属感により不要なストレスを得ることもないでしょう。しかし、それは人間を大枠の集団として見たときに限り、個としての存在を測るにはほとんど意味を成しません」

長い坂が見えてきた。眼下には有名な草津の湯畑。

夜桜さんの言葉はよく分からなかったから、険しい顔でゆっくり頷いてその場をしのぐ。

「佐藤様にとって『普通』とはどのようなものでしょう。貴方様にとって『違和感のない』ものの？　『想像し得る』もの？　『目撃した』ことのあるもの？　『自分と同じ』もの？」

どれでしょう。もしくは他の答え？

そんな夜桜さんの試すような笑みに毒され、僕は気まずいまま答えを出せなかった。

「数日前の授業でも氷室教諭が仰っていたはずです。生きた化石になりたくなければ、多様な人々が存在することを知っておかねばなりません」

他人を理解するのは難しい。

でも確かに、認知くらいはできるかもしれない。

「普通とは、素晴らしい概念です。しかし、過信は禁物です。貴方様の知る普通とは所詮、貴方様自身の中にしか存在しえない、不確定で狭窄的な正義でございます。多数決で決まる『普通』『常識』『一般』は確かに大枠を把握するのに重要なツールで、歴史を辿る平坦な道。しかし不平等と矛盾で保たれているこの世界で、皆が同じ道を歩めば退廃的な未来が訪れるのは明らかでしょう。生物学上我々は他人と同じ安泰な道を選ぶ生物であるのは仕方ありません。しかし80億人もいる人間のうち私たち二人だけは、世間の唱える普通や常識を超えた、一般的でない思考や理解をもっていても、そう罰は下らないはずです」

「…………」

結局、返事ができないまま彼女の後を歩いた。

ごめんなさい、と言うのは簡単だったが、何も理解していないのに謝罪してお茶を濁すのは嫌だった。なにより、その場しのぎの返答など、彼女になら簡単に見破られてしまうだろう。

「……楽しい旅行中に交わす話ではなかったかもしれませんね。申し訳ございません」

この子は喜怒哀楽の表情が本当に豊かだ。

言葉遣いは丁寧で常にお淑やかなのに、今の言葉には本当に謝罪の気持ちと、答えられなかった僕を許す意味合いが込められていた。

「ですが、これは貴方様が勝利を掴むのに非常に重要な概念なのです」

どういうことだ。そう思い顔を上げると、いつの間にかライトアップされたメインの湯畑へと着いていた。

「最後に質問です。今の私は……和服を着て浮いていた私は今、普通ではございませんか？」

手を広げて見せた彼女を見て、さきほどまで言っていた意味が少し分かった気がする。

ここには『当たり前』だが僕ら以外にも観光客がいて、彼らは学生だったり、家族だったり、定年仲間のツアーだったり、いろんなバックグラウンドを持った人がいる。彼らの中には黒髪の外国人もいれば金髪の日本人もいるし、洋服を着た人も浴衣を着た人もいる。

少なくともこの光景においては、さきほど渋谷駅で目立っていた夜桜（よざくら）さんの和服は観光客の浴衣に紛れて『普通』に、周りの人々に違和感なく溶け込んでいた。

結局は、自分がその世界を知っているかどうかだけなんだ。

「……いや、普通だと思う。僕の中にある普通、だけどね」

僕の返答に夜桜さんは笑った。

そして少し顔を赤らめてスマホを取り出す。

「……佐藤（さとう）様、初めて旅行に来た記念に、一緒にお写真をよろしいでしょうか」

「もちろん。喜んで」

「――――!!」

嬉しそうに湯畑近くへと駆け出す夜桜さん。

彼女は近くにいた観光客さんに声をかけると、彼女らにスマホを渡して僕を手招きした。

つい最近まで彼女のことをプライドの高い、手の届かないお嬢様だと思っていた。

でも、今の彼女は間違いなく普通の、旅行を楽しむ無邪気な少女だ。

いや違う。

僕が勝手に高嶺の花だと決めつけていただけで、もともと彼女は普通の女の子だったのだ。

「佐藤様！　こちらです！」

はしゃぐ夜桜さんに合わせて僕も駆ける。

でもね夜桜さん。

ここに唯一、明らかに普通じゃないものが交じっていることに、君は気がついてるかい？

「いいですか皆さん撮りますよー、はいチーズ！」

「「「────!!」」」

僕らの後ろに、本来いるはずのない月並と、白兎くんが写り込んでいるということに……。

3.

「ですから、貴方様が邪魔しなければ今ごろ佐藤様は私にメロメロになっていたのです！」

夜桜さんが予約してくれていた旅館。1名ずつで予約した2つの部屋に、男女分かれて月並、白兎くん、響一、東雲さん、苹果の計5人を追加して宿泊することになった。突然の来訪だったが今日は連休でもなければ観光シーズンでもないので、旅館に無理を言って人数を変更してもらったのだ。

温泉に浸かり日も暮れて、立派な懐石料理も運ばれてきたというのに夜桜さんの怒りは収まらず、突然現れた一行に文句を言い続けている。

「あんた自分のどこ見てそんなこと言えるのよ。てか、人様の彼氏と二人で温泉旅行って、とんだド変態ね。痴女よ痴女」

「ちっ……!?　――零世！　貴方は主人の邪魔をしてただで済むと思っているの!?」

「お言葉ですが環奈様。斯様なる凡俗に環奈様の貞操が穢されそうものなら、それを防ぎ、自らの首が飛ぼうとも怖くはございません」

夜桜さんの断末魔が温泉街に響いた後、一番話のできる響一に事の顛末を聞いた。

「渋谷駅の時点で白兎くんは僕の存在を匂いで認識していたけど、僕に構っている暇はないと無視。でもたまたま東雲さんが僕を電車内で見かけていて、本当に僕かどうか不安で声をかけないでいたら月並から連絡が来る。僕っぽい人物が和服の女性とタクシーに乗ったと報告して、月並と白兎くんが繋がり皆を招集。タクシーを使ってここまで追いかけてきたと……」

横に座っていた変態に、僕はドン引きしながらも尋ねた。

「てか、匂いで追跡できるってマジなの？」

「大マジでございます」

「キモ」

僕の罵倒に白兎くんのジャブが僕の顎を砕く。

「お前！　なんか知らないけど僕にだけあたり強いよな!?」

「貴様こそ、環奈様に色目を使ってどういう了見だ？　あわよくば殺しますよ？」

「うるさい！　気色悪いんだよドM！」

「Mを侮辱するな！　ドMのMは尊厳・威厳のMなのだ！」

白兎君──いや、クソ零世は誇らしげにMを強調すると掴みかかってきた。

ムキになって応戦していると、夜桜さんは不機嫌に立ち上がった。

「というか零世、貴方には現金もカードも渡していないはずなのに、どうやってここまで来たのです！　月並さんも響一様も、翼様も突然そのようなお金は持っていないはずです！」

「ああそれなら、苹果様のお力をお借りしました故」

アグリー。釜めしのおかわりを全て自分のものにしながら苹果は頷いた。

「48回払いでした」

「返済は難しいだろうがな」

「本当に困っていたらいつでも頼ってくださいね……！」

「アグリー」

「いつか後悔するってその使い方」

「ノープロブレム、モーマンタイでぇす」

ちなみに後で2倍の額にして返すと白兎くんに言われて快諾したらしい。

「佐藤様はよろしいのですか!? 私と二人きりの旅行のはずだったのに!」

「んーいいんじゃない? 最初月並たちの姿を見たときはさすがに悪寒が走ったけど、まあ、せっかくの旅行なら皆で行けた方が楽しいしね」

「むー……!」

ぷくーっと頬を膨らませる夜桜さん。

次に溜め息を吐くと、花の形に造ってあったワサビを白兎くんのお皿へ移し、上品な箸の持ち方でお刺身を口に運んだ。

「しかし……この出来事を把握していなかった私にも落ち度がありました……。よりにもよって鷺ノ宮へ通う生徒たちに、世間の常識を当てはめた私が愚かだったのです」

どうも彼女は普通とか常識とか、一般という概念を嫌っているようだった。

「分かりました佐藤様。次は宇宙にいたしましょう。もしくは深海です」

「承知しました環奈様。私はどこまでもお供いたします」

「貴方じゃない!」

「やだ夜桜さん! 宇宙と深海なんかに行ったら、ただでさえ垂直に近い貴方のお胸が圧力でさらに小さくなっちゃうじゃない!?」

「ぶち殺しますわよ?」

「苹果くん……！　いくらお代わりし放題だからって釜めしを釜ごと持ち帰ろうとしちゃダメですよ……！」

「うすうす気が付いてたが無理してお金使ってたな？」

「おやおや、何のことやら……」

月並と夜桜さんの取っ組み合いに巻き込まれ喜ぶ白兎くん。

ご飯をテイクアウトする苹果にそれを止める響一に東雲さんと騒がしさこの上ないが、この喧しい風景を見てどこかホッとする自分がいた。

次は逃げるように温泉へ赴くのではなく、しっかりみんなで話し合った上で出かけたいな。

「ねえ響一、苹果、ご飯食べ終わったらまた温泉入りに行こ」

長期休みには海へ行こう。

時期がよければ花火も見よう。

そして響一の家に泊まらせてもらおう。

皆でそんな話をしながらご飯を食べて、夜は東雲さんが買ってきてくれたトランプで遊んだ。月並と夜桜さんと響一ばかりが勝つものだからゲームとしてはつまらなかったけど、中学のころ夢見た友達との青春を謳歌できて僕は満足だった。

慣れない環境にみな知らずとストレスを感じていたのだろうか、夜遅くまで遊び倒して、ロ数の少ない人から眠っていった。

自分の部屋で寝ろとか、男女が同じ部屋で寝るのはまずいとか、いつもは常識人ぶって怒っていたけど、今日の僕は疲れもあって、もしくは旅行時特有の高ぶりもあって、そんなつまらないお小言もなしに、意識は、いつの間にか、消え、て――。

浅い空気を静かに吸い込み言葉を摘む。その空間は匿名の悪意に満ちていて、しかしいずれも小さい和服の少女に向けられたものだった。

場面は変わり、烏の群れに白鳥が交じっていた。黒に紛れた白の美醜は高貴な姿をより鮮明にして見せたが、一色に染まろうとする集団の秩序を乱しているようにも見えた。フンも落としてきやがった。

顔に落ちたフンを拭うとそこは一面が白に覆われた世界だった。

決して幻想的な風景ではなく、ロシアだった。しかもモスクワだった。

ここで、これが夢であることだと気が付いた。だってモスクワに富士山ほどの大きさをしたムキムキの鳩がいるわけがない。あ、パンくずくれるの、ありがとう。

鳩からもらった僕の体2つ分もあるパンくずを食べると意識がトんだ。

現実と見間違えるように鮮明に、僕の横には艶やかな姿をした夜桜(よざくら)さんがこちらを見つめていた。顔を真っ赤にして、長く滑らかな髪の毛をかきあげて彼女は言う。

「本当に、私(わたくし)とお付き合いしてくださいませんか」

　いいよ。

「ま、誠にございますか……？」

　うん。

　てか、夜桜さんって本当に可愛(かわい)いよな。月並(つきなみ)と違ってマウンティング馬鹿じゃないし、すぐに怒るし、ぴょんぴょん跳ねるし。顔はもちろんいいけど、それ以上に良いところがたくさんある。

　こんな人と付き合えるなんて僕はなんて幸せ者——あ、鳩さん。またパンくれるのありがと。ってワサビ塗ってある辛い！　そういえば、夜桜さんってワサビ嫌いなんだって。今日のお寿司に入ってたワサビ部分だけ白兎(しろう)くんに食べてもらってて、月並に馬鹿にされてキレた姿も少し可愛かった。

　ちょ、匿名さん早くしてくれない？　せっかく腕が2本あるんだから両方使おうよ二足歩行の恥め。普通に考えてパン食い競走なんてクイニーアマン一択が万国共通の——。

「うっ……まじでパンもういらないって……」

口元に違和感を覚えて目を開けると、ぼやけた視界でもハッキリわかる白金(プラチナ)の美少女。

「オコタン、ダーリン食べないって」

「誰も寝たまま食べさせろなんて言ってないよ」

起きると僕以外の布団はすでに畳み終えてあり、散らかしたトランプやお菓子類も綺麗(きれい)に片付けられていた。

「……9時30分」

薄目で時計を見ていると天使の顔が視界に入った。

「すみません佐藤(さとう)くん……先に朝ごはん済ませちゃいました」

「というより、もうしばらくでチェックアウトの時間ですので、佐藤様も帰宅の準備を済ませてしまってください。さもなくば置いてゆきます」

「起こしてくれてもよかったのに……」

「ディスアグリー。日課の朝活で本場ブラジルから取り寄せた珈琲(コーヒー)を挽いていましたが、少しも反応がありません。しかし、やはり珈琲はブラックに限り——うぇぺっぺ——ブラックに限りますね……!」

「売店で牛乳買ってきましょうか……?」

「牛乳？　そんな、お子ちゃまじゃあるまいしうぇぺっぺ……！」

「ここまで来て何やってんだよ……」

重い瞼を擦りながらなんとか布団から起き上がる。

苹果から特製の珈琲をもらい眠気を覚ます。

「めっちゃ美味しい……」

皆もう帰る支度を済ませてしまったのか。

部屋を見渡しながらあくびをすると、窓際で外を見ていた夜桜さんと目が合った。

「――――!!」

「――――？」

目を、逸らされ……た？

「あの、おはよう夜桜さ――」

「はいダーリン。あーん」

「ちょ、パンはもういいって。てか、丸ごと口に押し込むなよ」

「もういいってどういうこと？」

「え？」

なんだっけ。

月並に無理やり食べさせられたパンを千切りながら考える。

「わかんないけど、たくさん食べた気がする」

「なにそれ」

「分かんない」

寝ぼけているのだ。

白兎くんに早く支度を整えろと急かされたし、とっとと顔を洗い宿から出発する準備をしよう。

しかし、本当に充実した旅行だったな。

疲れってのは大抵終わり際に出るもので、帰りのタクシー内では苹果と月並以外はいつもより静かだった気がする。

隣に座っていた夜桜さんも、静かに外を眺めていたままだった。

4.

小旅行を終えて次の1週間。僕にとってはそれなりに普通の学校生活だった。

比較学とかいうマウンティングに関する授業は相変わらず訳が分からないが、いい加減ツッコむのにも疲れてきて、僕の日常の中に当たり前のように浸透してきている。

クラスの皆とはあまり関われていないがそれは中学までと何も変わらない。優秀な人たちが通うだけあって授業は難しいが、月並と響一に助けてもらって何とか努力を続けている。

　今日も月並から課された課題を解いている中、夜桜さんからチャットで連絡が入っていることに気が付いた。

『今週の土曜か日曜、お暇はございますでしょうか』

『どっちも特に用事はないよ。月並から課された勉強はしないとだけど』

『でしたら共にお出かけしましょう。朝9時、駅でお待ちしております』

　珍しいこともあるもんだ。夜桜さんから声をかけてくるなんて。

　夜桜さんはあまり自分から誰かに声をかける人でもないし、月並が嫌いだからかクラスで話しかけてくることもあまり多くない。

『分かった。何するの？』

『デートです』

『デートって（笑）』

　夜桜さんってこんな冗談を言う人なんだ。僕をからかうかような真面目な返しに思わず笑ってしまう。やはりこの前の温泉旅行で距離を縮めることができたようだ。

『とにかく！　明日の9時ですからね！』

　地面を叩く黒猫のスタンプが送られてきて会話は終わった。

「おはようございます佐藤様」

「夜桜さん……？　どうしたのその恰好……」

次の日、待ち合わせしていた四ツ谷駅へと着くと、そこにはいつもの和服ではなく、珍しく洋服を着た夜桜さんが立っていた。

「佐藤様が仰ったのではないですか……和服は変であると」

「ああ、前に僕が目立つって言ったから……」

ＴＰＯとは違うが、平凡な格好の僕に合わせて来てくれたのか。

「……似合っていませんか？」

夜桜さんは不満そうにツンと鼻先を上げて目を細める。僕は全力で否定した。

「いや！　驚いただけで、凄く似合ってて可愛いよ！」

夜桜さんは小柄だが、それに反したオーバーサイズのワンピース姿は大人っぽくて素敵だ。

「さ、左様ですか……！　それでしたらよかったです」

彼女は嬉しそうにはにかむと、僕の腕に抱きついてきた。

「ちょ！　何するの!?」

突然の近距離接近に思わず声を上げたが、夜桜さんは顔を赤らめたままそっぽを向いていた。

「夜桜さん……？」

「……デートですから」

自分からくっ付いておいて、ボソッと呟いた声からは羞恥が感じられた。

「で、デート？」

「昨日申したでしょう。これは私と零様の初デート。くっつくのは当然の話です」

「そう言いながら顔真っ赤なのは何なの？」

緊張を誤魔化すように笑うと夜桜さんはムキになってより握る手に力が入った。

「仕方ないでしょう⁉　デートなのですから！　デートをする男女はくっついていないといけないと古事記にも記してあるのです！」

「古事記⁉」

よく分からないが錯乱しているのは確実だったので、僕は彼女の口を押さえて何とか落ち着けようとした。

「分かった……！　くっついてていいから、デートデート叫ぶのはやめよう？　この駅ウチの学園の生徒も大勢利用するから……」

「――――‼」

彼女は目立っていることを悟ったのか、その一言で大人しくなった。

「も、申し訳ございません……。でも、殿方とデートなど初めてのことだから礼儀作法を間違えてはならないと思い、つい……しっかり参考書も読んで予習してきたのに……」

「そんなの読んでるの？」

彼女の恋愛観が全て自己啓発本で形成されてないことを祈りつつ、僕と遊ぶためにわざわざそこまでしてくれていたのだと思うと、この動揺も可愛く思えてきた。

「最初だし気軽に行こうよ夜桜さん。思えば僕も、女の子とデートなんて初めてだもん」

さっきまで疑問に思っていたが、男女二人きりで遊べば確かに世間的にはデートだ。

慣れない響きに焦ってしまったが、きっと夜桜さんもお堅いから男と二人で遊ぶなど初めてで、デートなどと意識してしまったのだろう。

「そ、そそおそそうですね……き、気軽に参りましょう……」

「震えすぎでしょ。携帯ショップに連れていくべきかな……」

「故障などしておりません！」

雰囲気ぶち壊しのツッコみに夜桜さんもようやく緊張が解れたのか、やっとまともに歩き出した。

「参りましょう。佐藤様に会わせたい子がいるのです」

「会わせたい子？」

あれ、デートと言いながら今日は二人ではないのか。

知らない人と話すのが相変わらず苦手な僕はドキッとしたが、ここまで来て駄々をこねるわけにもいかないので大人しく彼女に続いた。

「「にゃーん」」

お店に入るなり、たくさんの子が僕と夜桜(よざくら)さんの足元へと集まってきた。

「いらっしゃいませ」

「予約していた夜桜にございます」

「お待ちしておりました。どうぞご自由に戯(たわむ)れていってください」

会わせたい子とは猫のことだったのか。

猫カフェに入ると可愛(かわい)い猫がぞろぞろ集まってきて、会わせたいのが人ではなかったことにホッと溜め息を吐(つ)いた。

「夜桜さん、猫好きなの？」

「はい！　猫ほど愛おしい生き物は存在しないと思っております……！」

彼女は足元に集まる毛玉の群れに手を突っ込み幸せそうに答えた。

もう猫しか眼中にない辺り、相当な猫好きだと見える。

自身の手を小さな舌で舐(な)められた時には感嘆の悲鳴を上げて、あまりの興奮ぶりに僕は若干置いてきぼりだ。

「……！　もしや佐藤(さとう)様、動物アレルギーではいらっしゃいませんよね……？」

僕との温度差に我に返ったのか、夜桜さんは申し訳なさそうに聞いてきた。

「大丈夫だよ。アレルギーとか特にないから」

しいて言うなら月並くらいだ。

「それはよかった……」

安心したように胸を撫でおろすと、彼女は慣れた手つきで店の棚をいじり、猫じゃらしを引っ張り出した。そして1本を僕に差し出す。その表情は真剣そのものだ。

僕はそれを受け取り猫をじゃらす。

人慣れしているから警戒心もなく床に転がったり、飛び跳ねたりして可愛い。

「この店にはよく来てるの？」

「それなりに。高校進学を機にこちらへ来たとき、偶然あの子を見つけたのです」

「あの子？」

夜桜さんは僕が戯れる子たちには目もくれず奥へと歩いて行った。

彼女が見つめる先には凛とした表情の黒猫が一匹、ツヤツヤの毛並みを整えながら猫タワーの上で寛いでいる。

「その子がお気に入りなの？」

「ええ。街を歩いていてガラス窓から見えたこの子に一目惚れしました。──佐藤様、体中に猫が付いてますわよ……？」

「昔から動物だけには懐かれるもので……」

「……猫アーマー」

「変なあだ名付けないで？」

犬には追いかけられ噛まれ、猫にはよじ登られ爪を立てられるから、大抵その日着ていた服はボロボロになって捨てることになる。

「この子、ウチの猫にそっくりなんです」

「猫飼ってるんだ」

「名をシダレと申します。もっとも、この子とは性格が全く似ていませんが」

猫は彼女に撫でられると気持ちよさそうに顎を上げた。

「夜桜さんは実家どこなんだっけ」

「京都です」

「やっぱり寂しい？」

「ええ少し。あの子も連れてくれば良かった」

彼女はスマホを取り出すと画面をこちらに見せてよこした。

「この子がシダレです。可愛いでしょう？」

画面の中の黒猫はツンとした表情で全くこちらを見ていない。

「なんか、夜桜さんのアバターにそっくりだね」

「左様ですね。私もあの姿を見たときは心が躍りました」

嬉しそうに画面をスワイプしていると、気になる写真が目に映った。

どの写真でも凛としていたはずのシダレが、焦った様子で小さなライオンに追いかけられているのだ。

「ちょ、これどういう状況!?」

「ああ……これは月並さんのペットに追いかけられている様子です」

「あいつライオンなんて飼ってんの!?」

「確かに一見獅子のように見えますが、これはレオンベルガーという種類の犬でございます。名をマウント丸と申します」

「最悪なネーミングだな……」

「名前だけではございません！　彼は月並さんに似て騒がしいし、暴力的だし、うちのシダレを舐めまわして綺麗な毛並みを台無しにするのです！」

なんだろう。月並と夜桜さんをそのまま犬猫にしたみたいな関係だな。

「見れば見るほど表情まで月並に似てるな……」

ペットは飼い主に似るというが、ここまで似るものだろうか。無邪気に戯れようとする姿は犬らしいが、逃げるシダレに抱き着くマウント丸は、嫌がる夜桜さんにちょっかいをかける月並の表情に似ていて腹が立つ。

犬は体温調整のためにベロを出しているらしいけど、マウント丸に限っては相手を馬鹿にするために舌を出しているのではないかと思ってしまう。

「佐藤様もお気を付けください。彼に会ったら最後、全身が涎まみれになります」

「ストレスやばそ〜」

まあ、会うことはまずないだろうけど。

「夜桜さんって何だかんだ月並と仲いいよね」

「まさか。そのようなこと、たとえ冗談でもおやめください」

「でもこれ最近の写真じゃん」

チラッとしか見ていないが写っていた月並は今とそんなに変わらない。

中学の頃の写真だろう。

「仕方ないではございませんか。両親の都合で1年に1回は会わなければならなかったのです」

「小さい頃からの仲なの？」

「ええ。物心ついた頃には、あの子が今後私とどのような関係になるか存じ上げておりました。いわゆる腐れ縁でございます」

「小さい頃のあいつとかクソうるさいんだろうなぁ」

それでなくても子供は騒がしいのに、あいつの子供時代とか想像もしたくない。

「いや、子供なら意外と可愛いものかな……」

「佐藤様……！」


「いたっ」

呟くと、夜桜さんに頬をつねられた。

「またあの子の話ばかり。そんなにあの子のことが好きですか……！」

「は？　あの子って月並のこと？」

夜桜さんはコクと頷いた。

「まさか。あんな初対面でキスしてくるマウント馬鹿」

「そうですが……」

不安そうに俯くと、彼女は僕の元へとグイと寄った。

「あの子より、私の方がその……す……み、魅力的ですか？」

は？　逆にあれのどこに魅力を感じればいいわけ？

以前なら月並と付き合っている設定だったが、クラス決めも終わって約束も履行されたのだ。あいつの中ではまだ付き合っている設定らしいが僕の中ではもう終わった話だ。もうあいつを無理して褒める必要もないだろう。

「当たり前じゃん。夜桜さんの方がずーっと素敵だよ」

「────‼」

別に月並のことは嫌いじゃないけどある意味では大嫌いだ。

夜桜さんの方がずっといいに決まってる。

当たり前のことを言っただけなのに、僕の言葉に夜桜さんは顔を赤らめ俯いた。

「さ、左様でございますか……」

彼女は猫じゃらしをぶんぶん振り回すと、猫の群れに顔を埋めた。

「よ、夜桜さん……？」

「猫……いい匂い……」

「よ、よかったね……」

猫をキメるなんて言うけど、本当にする人いるんだ……。

「月並さん、明るくて良い子でしょう」

彼女は猫のお腹に顔を埋めたまま続けた。

「夜桜さんがあいつを褒めるなんて珍しいね」

「本人には死んでも言いません。しかし、私はあの子を幼い頃から見てきましたから。悪いところも多く知っていますが、良いところもそれ以上にあると知っているのです」

あの子は私にはないものを多く持っている。

呟いた彼女は、猫を吸いたいのか顔を伏せていたいのか分からなかった。

「あの子は底抜けのポジティブです。特に辻本様との戦いは見事でした」

クラス決めの時にひと悶着あった辻本さんとの因縁。僕の予想が正しければ意図的に池に落とされたはずだが、月並はそんなことも気にせず自分らしさを貫いた。

確かに、あれほどにポジティブな人はそう多くいないだろう。

「私はあの子が嫌いです。でも同時にあの人は、私の憧れなのです……」

だからこそ嫌い。

それが嫉妬なのだと、夜桜さんは潔く認めた。

「5歳の頃、私はあの子に出会いました。お父様たちが難しいお話をしている中、私はあの子とよくオセロで暇を潰していたんです。100回やれば100回私が勝つ。それでもあの子がまだやりたいと騒ぐから、なんて哀れな人なのだろうと見下していたのを覚えています」

「夜桜さん。めっちゃブサイクな猫……頭に乗ってるよ……」

真面目な話の途中だと知りつつ、シュールな光景にじわじわくる。

夜桜さんが頭を振ると、そいつは降りて僕の膝の上に乗った。

「ですが8歳の誕生日を迎えた年のこと、私は人生で初めて彼女にオセロで敗北したのです。千回目の戦いでした。あの子が毎回勝敗をノートにメモしていたから、回数もしっかり覚えています」

結果が分かっているのだからメモなど必要ないというのに。

そう言った夜桜さんの笑みには自虐が含まれていた。

「そう思っていたら、月並さんは千一回目からノートを取らなくなったのです。なぜだと思いますか？」

「……初めて勝てて満足したから？」

「…………」

暫く空いた会話の間に、夜桜さんの屈辱的な気持ちが込められていたのを悟った。


「千回目以降、私があの子に勝てなくなったからです」


「えっ」

「何度やり直ししても勝てない。私はあの日を境に彼女からの挑戦を受け付けなくなりました。思えば、あの子と仲が悪くなったのはその日が境かもしれません」

だから佐藤様。

彼女は体を起こすと女の子座りをしたまま、寂しそうな顔をして僕のことを見た。

「私はもう月並さんに負けたくないのです……。利己的な理由で巻き込んでしまい申し訳ありませんが――」

夜桜さんは口にするのを少し憚りながらも、決断したように言った。

「それでも私を、選んでくださいますか……？」

「…………」

え。何の話……？

今の会話の中に月並と夜桜さんを選ぶ要素って存在したかな？？？

いやまあ、The BEST of ウザい奴とかだったら月並が圧勝だけどさ。

でもここで「何の話？」とか聞けるような雰囲気じゃなくない？

だってそこそこ重い雰囲気あったしさ、さすがの僕も空気読んじゃうよ。

「あっ」

そういえばさっき、夜桜さんの方がずっと素敵だって話題からこうなったんだった。

なら答えは一択じゃん。

「もちろん！　夜桜さんの方が可愛いよ！」

「────!!」

僕の回答に夜桜さんは再び赤くなり猫の腹に顔を埋めた。

その反応を見て僕もすぐ、自分が今とても恥ずかしいことを言っているのだと冷静になった。

普段なら可愛いなどの誉め言葉、面と向かって女の子に言えるわけないが比較対象が月並だったからつい笑顔で即答してしまった。

今後は気を付けよう。

「ちなみに夜桜さん、この店にはあとどのくらいいられるの？」

僕は恥ずかしい気持ちを誤魔化すため猫に逃げることにした。

「……念のため3時間で予約しておきました」

「なが」

まあいいか。ストレス発散しよ。

思えばこの時から、彼女の反応をもう少し考えていればよかったのだ。

これから起こる事件のことも知らず、僕は呑気に猫じゃらしを振るった。

5.

「いよいよ2週間後、2回目の優劣比較決闘戦が行われる。そして今日、ついにルールが開示されることになった。全員心して聞くように」

週明け、比較学の授業で氷室先生は真面目な表情で言った。

「今回のバトルは周知されていたとおり団体戦。下位クラスが上位クラスに戦いを挑む下剋上式だ。俺たちはAクラス連中に一つの組織として戦いに臨む」

ルールはプロジェクターに投影された以下の通り。

・MP30000
・各クラス王1人と兵29人に分かれ敵陣を攻める。王のMPが0になった時点で決着
・王は玉座から動くことができないが、マップと各兵の状態を閲覧できる
・兵は自由に動くことができるが、マップと各兵の状態は閲覧できない
・バトル中、1人につき1回だけスキルを使用可能

「敵のMPを削り切ったら勝利し、スキルを使用可能。ここはクラス決めの時と同じだな。違うのはスキルの内容が更新されるのと、団体戦であること。そしてバトルに自室から参加することだ」

自室から参加？

「今回のバトルは特殊な映像を見ることができるゴーグルを用いて、メタバースの世界で戦ってもらう」

「メタバース……？」

「名前くらいは聞いたことのあるやつが多いだろう。ネット上に形成された仮想現実空間のことだ」

精神の状態を測る天秤時計（マウンター）といい、その人間を可視化するアバターの3Dホログラムといい、この学園は無駄に壮大なものばかり起用されている。

「アリーナは使わないんですか？」

僕が質問を投げかけると先生は頷（うなず）いた。

「今回は2学年が使用するからな」

バトルの内容を聞いて響一（きょういち）は独り言ちた。

「皆に見られないから前ほどの緊張感はないだろうが、別の空間で30人……敵クラスも合わせれば60人が戦い言葉を交わすのだから、連携を取るのが非常に難しそうだな……」

「尾古の言う通り、今回の肝は連携だ。兵29人が生きていようと王1人が死ねば負ける。逆に兵29人が死のうと敵の王さえ倒せば勝利のルールだ。一人称視点で挑む仮想現実空間において、声のみで王が指示を出し兵が従うため、王の統率力が問われる」

いわば、前回で決まった王──僕が真に頂点に相応しいか見極めるバトルだ。

先生の言葉に僕は息を呑んだ。

「もちろん、戦略の上で敵を攪乱するため王を別の者に任命し敵に策略を練らせない手も問題ない。実際、今までの上級生たちはそのような作戦を何度も行ってきた」

だがもちろん、王を別の者に任命し敗北しても代表が退学のルールは変わらないがな。

先生は僕に目線を向けながら補足すると再び全体を見渡して手を叩いた。

「ひとまずの説明は以上。ここで突然だが、これから各自ＡＩによる面接を自室で受けてもらう。先ほど言ったリセットされたスキルをよりそいつの個性に合わせたものにするためと、現在アバターを持ち合わせていない下位クラスのためだ。各自のメールアドレスに学校側から連絡が行っている。そこに記載されたＵＲＬから学内ポータルサイトにログインし、今から明日0時までにリモート面接を完了させろ。今日はこの授業をもってホームルームを終了するため、面接の終了したやつから自由時間だ」

質問があるやつだけ残ってあとは面接を受けて来い。

その言葉をもって授業は終了した。

6.

「みんなもうスキルは決定したよね？」
次の日の放課後、僕はグループチャットでそのような発信をした。
今日まで僕は代表らしく皆を纏めようとも、先陣を切って話をしようともしなかった。だが次の戦いは僕が代表に相応しいかを見極めるための団体戦。運で成り上がった一般人の僕が皆から信頼を得るには、それなりの行動と結果を示さないとならない。
「もしよかったら早めに戦略を練るために、全員スキルの内容を共有しておかない？」
佐藤零『エアロック』自身の状態変化を元に戻す
僕より優秀な人間などごまんといる。だからこそ、今は僕にでもできることを少しずつやっていかないと。
佐々木隆吾『プラスマイナス』味方全員のステータスダウンを逆転させる
飯上恵『マルチコマンド』ランダムの敵に攻撃を行われなくなる
東雲翼『天使の涙』1分間ダメージを受けない

僕がスキルを提示したと共にぽつぽつとクラスの皆も内容を共有してくれる。
気の弱い僕でも、スマホ越しなら何とか発言できた。このままチャットでコミュニケーションを図って、現実でも――

「ダーリン。すぐに投稿を消して」
「零様。今すぐ投稿を取り消ししてください」

自分のした仕事に満足していた矢先、僕のやる気を削ぐように2人が個人でメッセージを飛ばしてきた。皆が今もなお共有をしている中、言い出しっぺの僕だけが投稿取り消しをしたら変ではないか。そう思っていたが、月並（つきなみ）の言葉に僕の心臓が跳ねた。

「誰かがこの情報を漏らしたらどうするつもり？」

思いもしなかった考えに僕は体全体が熱くなった。
クラスが不利になる行動を、いくら僕を蹴落（けお）としたいからとはいえするはずがない。半ば自分に言い聞かせるように、僕はその言葉を見て見ぬふりをした。

「――――」


時間が経つにすれ既読の人数は増えている。

しかし、スキル内容を投稿していく人は増えない。

「まさか……」

不安は大きくなるばかりだった。

だが、僕から言い出した手前、今更投稿を削除して、共有するのをやめようなどと言えるはずもなかった。

きっと大丈夫。きっと大丈夫。

自分を励ましたが、月並の予想は無慈悲にも的中した。


次の日のお昼休み、1週間ぶりに由々式さんがSクラスに姿を現したと思ったら、ずうずうしく僕の机の上に腰を下ろし僕を見下した。

「ちょっと、人の彼氏に向かってその貧相なお尻向けないでくれる？」

「貴方に用はないわ月並千里。貴方みたいなビッチと話してたら淫乱が移るもの」

「ビッチ？　失礼ね。純愛よ」

「ならこっちは大義ね」

月並にこれだけ言う人間は初めてで、どれだけ月並が騒いでも由々式さんは聞く耳を持たなかった。

「久しぶりじゃないレイシスト。その後、バトルの準備は順調に進んでいるのかしら」

僕の名前とかけているのだろうか。

変なあだ名で呼んだ由々式さんの挑発に乗らないよう、僕は冷静に返事をした。

「まだそんなに進んでないよ。そんなに僕を退学処分に追い込みたいんだ」

「当たり前じゃない。貴方のような差別主義者(レイシスト)、退学どころか国から追放したいくらいだもの」

「で、用はなに。わざわざ嫌いな僕の顔を見に来たってわけじゃないんでしょ」

「もちろん。なんだか面白い噂(うわさ)を聞いたから本人に直接確認しようと思ってね」


貴方の今回のスキル、状態変化を元に戻す能力なんですってね。

「「――――!!」」

その一言で騒がしかった教室が一気に冷え込み、僕らの席に視線が集中した。

「……その情報、何で知ってるの？」

「何でってそりゃ、貴方の人徳がないからでしょ？」

僕はすぐにクラス中を見渡した。しかし、明らかに目を逸らす人物は見当たらない。

「変なの。当然のことじゃない。貴方を貶めたい人物がいるクラスで自衛もせずにぺらぺらと内容を話したんだから。貴方のスキルどころか、平和ボケした馬鹿のスキルまでダダ洩れしてるわよ」

由々式さんは鼻で笑った。

「その反応本当なのね。ここまで頭が悪いとなると、いよいよSクラス初の退学者が誕生しそうね。これは忌々しき大事件よー！」

彼女は軽やかに机から離れた。

「2週間後を楽しみにしてるわ！　せいぜい足掻いてみなさいね！」

「………」

静寂を破るのにはもの凄い勇気が必要だった。

皆の気まずそうな視線が非常に痛々しかった。

「これはどういうことです！」

その日の比較学の授業、最初に響いたのは夜桜さんの叱咤だった。

「いいですか皆様。いくら私怨が混じろうとも、Sクラスが敗北すればこの学園の歴史を覆す恥となるのです。たとえ佐藤様を陥れ代表を替えようと、その事実が起きてしまえば今後、退学者を出した初のSクラスとして揶揄され、今後の1年間はそれが尾を引くのです。一度代表が決まってしまった限り、皆協力しなければなりません！」

珍しい夜桜さんの怒号に皆は黙ったままだったが、唯一、気の強い彼女が鬱陶しそうに溜め息を吐いた。

辻本炎華さん。炎のように赤くゆらゆらとウェーブのかかった髪が印象的で、勝気な表情と大量のピアスが僕とは正反対の人。陽キャのトップであり、月並を池に落とした人物だ。

「そもそもさー、代表の佐藤がクラスを仕切るべきなのに何で本人は問題を起こすだけ起こして一言も発言しないわけ？　スキル漏洩の件も佐藤がリーダーとして機能してないのが原因だろうが。話によると補佐である月並がすぐに忠告したんだろ？　なのに何の危機感も持たずにクラスメイトを信頼して、仲間の助言も無視した佐藤が悪りぃだろ」

「――――!!」

もっともな指摘に夜桜さんが不快そうに凄むと、苹果が声を上げた。

「皆さん冷静になりましょう。ヴォくらの目指す先はどこですか？　今一度マイルストーンを見直して――」

「無能は黙ってろよ」

辻本(つじもと)さんの一言に苹果(じょぶず)はひょこっと肩を上げて呆気(あっけ)なく撃沈した。

「あー、ガキの成長に口出しするつもりはねえが、残業は勘弁だから先に俺の用事から片づけていいか」

ピリピリとした空気に介入したのは氷室(ひむろ)先生だった。

先生は授業前に配布したヘッドギアを手に取ると、僕らを席に座るよう促した。

いつもは先生の緩さに呆(あき)れるばかりだったが、今回ばかりはそのマイペースさに助けられたかもしれない。

「今日は言った通り、バトルで使用されるメタバース内のマップを散策する。Ａクラスと実際に戦う際の参考にしてくれ」

全員その装置を身に着けるように指示され一旦論争は事を収める。全員が装着し終わり先生が合図をすると、目の前にはファンタジーな世界観の城が現れた。

「凄(すご)い……」

本当に、技術力だけは無駄に壮大な学園だ。

辺りは暗く森に囲まれていて、ピンクや黄色といったカラフルな光の玉がふわふわと浮遊している。

「先生のアバター、何でペンギンなんですか？」

「俺が聞きてえ」

一人称なので全ては見えないが、僕の手のひらもハムスターのものに変わっていて、周囲には獅子（ライオン）やハスキー、猫にフェレット、鬣犬（ハイエナ）と、皆のアバターが等身大で立っていた。

「ここが玉座だ。中で王がマップ全体を把握し、兵士たちに指示を出す」

先生は何かしらの操作を行い、画面上にマップを表示して見せた。

「まずはマップの条件から。正方形の頂点2ヵ所に玉座があって、そこから道が3本に別れている。その3本の道中にある拠点に兵士を任意の数だけ配置して敵陣を攻める。対角線の交点を混ぜると計7つの通り道があるが、頂点と違って中央は複数の3ヵ所から兵が攻めてくるから激戦区になる。当然だが、ここには一番強い人間を配置するのが定石だ」

城下には長い階段が続いており、そこからは森の中に続く3本の分かれ道があった。

「説明の通り、道は3本に分かれている。10日後のバトル本番までは自由にログインし散策できるようになってるから、今回はひとまず真ん中の道を行くぞ。配布したフリクションを動かせば任意の方向へ動くことができる」

ヘッドギアと一緒に配られたマウスのような道具を動かすと、足が動くと同時にどこから椅子の倒れる音が聞こえた。ヘッドギアを外して現実の視界へ戻ると、一番前の席で苹果が椅子ごと倒れこんでいた。

「ゲーム内では移動してるが現実の座標は変わらない。全員、極光のようにならないように」

「これは非常にエキサイティングでぇす」

誤魔化す苹果に笑いながら皆再びメタバースの世界へと戻った。

カラフルな夜の森を進むと途中で大きな丸いオブジェがある広場へ出た。

「ここは拠点。A地点B地点C地点の三ヵ所存在し、王以外の29人が最初に配置される。どこに誰をどの比率で配置するかは王が決め、バトルが開始されてからは自由に動けるようになる」

「敵の拠点を通過するには何か条件を達成する必要があるのですか？」

響一ハスキーの言葉に先生ペンギンは首を横に振った。

「ここはあくまで初期配置地点。仮に敵が1人もいなかったり、敵があえて見逃したりしても通過することは可能だ。優劣比較決闘戦だから戦いを挑まれたら避けられないがな」

歩き出した先生に僕らは続く。時折がたーんという音と共に苹果のアバターである馬が変な方向に吹き飛んでいたが、もう誰も振り返りはしなかった。

暫く歩くと4本の道が繋がる広場へと出た。

「ここが正方形の交点。道だけでいうと一番敵との遭遇率が高い地点だな」

僕らクラス30人が全員集まってもまだ余裕があるくらいの広さがある。

ここまで来たら左右真ん中と3つの選択肢があるわけで、この広場を占拠できるかが戦いの鍵となりそうだ。

優劣比較決闘戦　魔法の森MAP

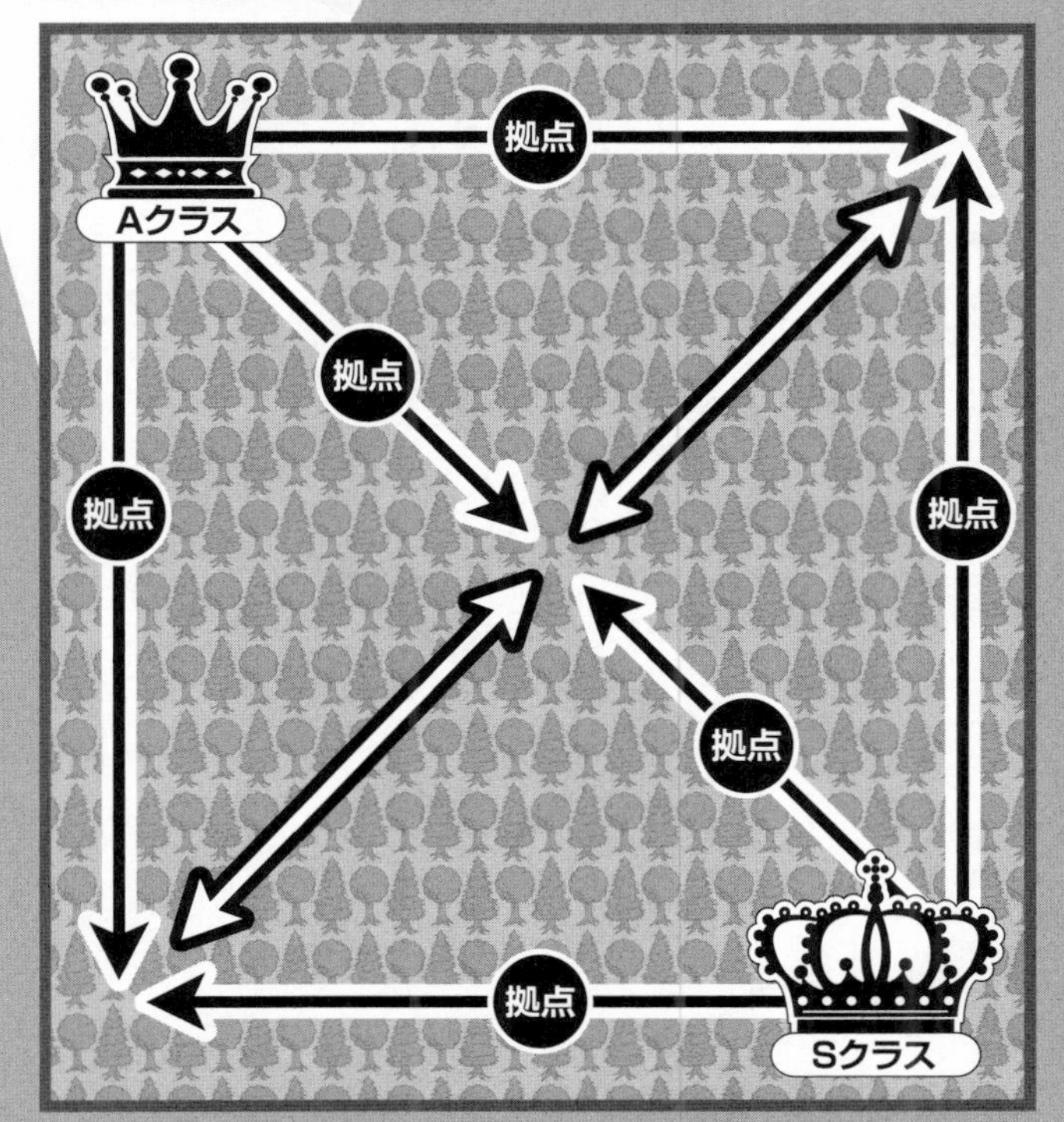

ルール

- MP30000
- 各クラス王1人と兵29人に別れ敵陣を攻める
  王のMPが0になった時点で決着
- 王は玉座から動くことができないが、マップと各兵の状態を閲覧できる
- 兵は自由に動くことができるが、マップと各兵の状態は閲覧できない
- バトル中、1人につき1回だけスキルを使用可能

「ここから先は来た道と同じ構造の敵陣だから説明は省くぞ。気になるやつは後日、自分で散策してみるといい。じゃ、俺からの説明は以上だ」

ヘッドギアを外し現実へ戻る。暗い森の中から一気に明るい教室へ戻る感覚は慣れなかった。

「あい。じゃあ今日もこれでホームルーム代わりな。あとは喧嘩するなり部屋に戻るなり好きにしな。時間になったら俺も職員室戻るから」

先生はそう言うと椅子に座ってパソコンをいじり始めた。

子供の考えに大人が口を出さないのは良いことだろうけど、あまりに放任主義すぎやしないだろうか。

そう思っていると、先生と目が合った。

「佐藤、お前は俺と職員室な」

なんかこの先生とは頻繁に目が合う気がする。呼び出されたし、告白フラグだろうか。

そんなくだらないことを考えないと、今日の出来事でくらったダメージを忘れることはできなかった。

「お前さ、虐められてんの？」

「直球すぎやしませんかね」

職員室。個室の応接間に連れていかれたと思いきや、一言目から失礼な質問が飛んできた。

「わざわざ呼び出して話すくらいなら、あの場で皆を纏（まと）めてくださいよ……」

「………」

僕の溜め息に先生は無言で返すと、職員用の珈琲（コーヒー）を僕の前へと置いてくれた。

「んなことしたら意味ねえだろ」

先生は珈琲を啜（すす）る。この人は苹果（じょぶず）と違ってブラックが好きなようだ。

「佐藤、優劣比較決闘戦（マウンティングバトル）は社会で生き抜くための練習だ。それを前提に考えろ」

「……何をですか？」

「今回のテーマだ」

テーマ。思ってもみない単語に、僕は素直に頭を捻（ひね）った。

「前回の優劣比較決闘戦は個人戦。お前は王になった時、学長から何と言われた」

「……自分だけの強みを……折れない心の柱を見つけろって」

「そうだ。前回のテーマは自分らしさ。自分自身の行いにどれだけ自信をもって取り組めているかでステータスが決まり、勝敗が決まった」

思い出してみればこのふざけたバトルにも、無駄に深い意味が込められていたんだっけ。学長との会話を思い出し、改めて少し笑ってしまう。

「じゃあ今回のテーマは何だと思う。お前らは自分らしさを見つけた。それを踏まえての団体戦。当たり前だがこれにも意味が込められている」

「…………統率力？」

「正解。今回の団体戦には王が王たる器にあるかを見極める意味が込められている。王が全てを支配し一人で戦いを進める団体戦も存在するが、今回は王の指示を兵が聞くかは自由。圧倒的なカリスマ性が求められるんだ」

カリスマ性。僕にはまずないものの一つだ。

「だが佐藤。それはバトル形式におけるテーマだ。テストとしてのテーマがもう一つ存在する」

「え？」

「なぜ今回はコマンドバトルやカードバトルの形式でなく、マルチプレイヤーオンラインバトルアリーナの形で兵士の自由が利いていると思う？」

「……分かりません」

てっきり答えを教えてくれるのかと思ったが、先生は「そうか」とだけ呟き立ち上がった。

「答えは何なんですか？」

「自分で考えろ。仮に俺らのクラスが負けて俺のボーナスがカットされたとしても、お前の成長のチャンスを阻害するわけにはいかねえだろ」

先生は珈琲を飲み干すと、まあヒントだけはくれてやる、と言った。

「固定観念を捨てろ。生きた化石になるな」

　苹果（じょぶず）みたいなことを言うな。初めは冗談だと思ったが、この数週間で先生はふざけているようでたまに真面目なことを言う人なのだと知っていた。

「あと、虐（いじ）めは自分で何とかしろ」

「え」

「毎年あるんだよ、スカウトされた生徒が同じクラスの推薦組から迫害されるの。特にお前はよりにもよってSクラスの代表だ。仮にその席に月並（つきなみ）や尾古（おこ）、夜桜（よざくら）が座っててもよ、同じく狙（ねら）われる立場にある地位なわけよ」

「まあそうですけど……」

「だからこそ、クラス決め直後の団体戦。その嫌がらせを黙らせる活躍を見せて、クラスの一員だと認められるわけさ」

　渋々納得していると、先生は他人事のように続けた。

「それにお前虐められ慣れてそうだし」

「失礼な！」

　僕のツッコミに先生は冷たく笑った。

「だがよ、それすらも戦いの一部だってことを忘れるな。優劣比較決闘戦（マウンティングバトル）はメンタルの勝負。敵も味方も全て操り、盤上の神となって相手の心理の上をいけ。お前の置かれている状況は、案外好都合かもしれねえぞ」

「え、それどういう意味――」

「はい、俺定時。さようならー」

やはりこの人は良い人ではないのかもしれない。

薄情な先生に僕は少しだけイラッときたが、その考えはすぐにやめた。

人任せにするのはもうごめんだ。

言われた通り、この状況は自分で何とかするしかないのだから。

僕は先生に渡された珈琲(コーヒー)を一気に流し込み、渡されたヒントの意味を理解するべく集中した。

7.

「訂正してください！」

荷物を取りに教室へ戻ると、夜桜(よざくら)さんの声が廊下まで響いた。

「は？　何でそんなムキになってんだよ」

何事かと急いで教室へ入ると、辻本(つじもと)さんに詰め寄る夜桜さんに、それを止めに入る響一(きょういち)たちの姿があった。

「どうしたのさ皆」

「お、張本人のお帰りじゃん」

クラス中の視線が僕に集まり心拍数が上がった。

「いやよー、お前が不甲斐なさすぎるからいっそのこと挑戦を受けなくていいんじゃね？　って話をしていたわけよ」

挑戦を受けない。それは優劣比較決闘戦において負けを意味するのと同じだ。

「……これ以上喧嘩するのはやめようよ。これじゃあＡクラスの思うつぼだ」

「喧嘩の原因がお前なのに何言ってんだよ」

辻本さんの言葉に胸が痛んだ。

「だから、貴方が言葉を慎めばよいのです。敗者は敗者らしく、代表の言葉に耳を傾けて――」

「その代表が何も言わねえからイラついてんだろ！　そもそもこいつは何のために代表になったわけ？　皆がその席を望んで本気で戦ったのに、今そこにいるのは何がしたいのかも分からないこいつだ！　王が戦う理由も見せねえのに、どうやってウチらは士気を高めて、何を目標に戦えばいいんだよ！」

「貴方がそのような物言いをするからでしょう!?　あのお方は優しく人の意見に敏感なのです！　他が余計なことを言わなければ零様だって――」

「じゃあその零様とやらの意見を聞いてみようぜ！　零様は何のために戦って、どうやってこの状況を打開するのかをよ!?」

再びクラス中の目線がこちらに向けられた。

みんな、不安や怒りに満ちた眼差しで僕の返事を待っている。

また戦う理由か……。

一か月前に決まったはずの目標が、再び問われている。

僕は月並たちとできるだけ長く仲良くしていたいから戦った。今もそれは変わらないし、本当は他のSクラスの人たちとも仲良くしたい。そのために戦って、勝利をもぎ取らないといけないんだ。

でもSクラスの皆はむしろ僕が代表の座に居座っているのが気に食わなくて、協力しようとしてくれない。だから僕は少しでも皆を纏めようとしてスキルを把握しようとしたのに、それが原因でより大きな亀裂を招いてしまった。

考えれば考えるほど皆に共感してもらえるような意見や指示が出せなくて、余計に心が萎縮していく。自分の無能さに嫌気がさす。

結局僕は、何も言えなかった。

「ほらよ！　誰の邪魔も入らなくとも何も言えねえカスだ！　あいつ自身、誰かの力を借りないと何もできない人間だって分かってるんだろうがよ！」

「そのような物言いをされたら誰しもが意見を発しづらくなるのは明白でしょう！」

引き下がらない夜桜さんに、辻本さんは溜め息を吐いた。

「うるせえなあ。つーかお前佐藤の肩持ちすぎ。訳分かんねえわ。あいつが退学になれば次の代表はお前だってのに、何をそこまでムキになってるんだか」

「そりゃあだって……その……」

　理由を述べない夜桜さんに、辻本さんは呆（あき）れて帰る用意を始めた。

「アホらし。ウチはもういくぜ。お前らの仲良しごっこにはもうウンザリ──」


「私（わたくし）は……零（れい）様の恋人だから……」


「「……………」」

　彼女は今、なんと言った？

「……誰が誰の恋人だって？」

　驚きの発言をさすがの辻本さんも無視できなかったのか、彼女は足を止めて振り返った。

　夜桜さんは皆の注目を一身に集めながらも、僕の方だけを見てもう一度言った。

「恋人が彼を守ろうとして、何が悪うございますか……」

「……え？」

呆けた僕の理解よりも早く、二人の腕が僕の体を押し倒した。

「ダーリンどういうこと⁉　まさかの浮気⁉　浮気しちゃったの⁉」

「佐藤零貴様あああ‼　あれほど環奈様に手を出したら容赦しないと忠告しただろうに‼」

「痛い痛い痛い！　頭割れるってマジで！」

二人に頭を床へと打ち付けられながらも、僕は必死に夜桜さんの発言の意味を考えた。

当たり前だが、僕は彼女と付き合った覚えはないし、僕から告白したなどもあり得ない。

だというのに、なぜ彼女はあのような勘違いをしているのか。

確かに最近の彼女は様子が変だった。

デートという単語を誇張してきたり、無理に腕を組んで歩こうとしたり。

つい2週間前までは二人で草津に行くまで普通に仲良くしていたというのに、一体どこでそんな勘違いが――。

「本当に、私（わたくし）とお付き合いしてくださいませんか」

いいよ。

「ま、誠にございますか……？」

うん。

＊　☽　＊

「それでも私を、選んでくださいますか……？」

＊　☽　＊

「――――!!」

あれは、夢じゃなかったのだ。

体全体から急に力が抜けていくのを感じた。

まるで全身から血が抜けてしまったようだ。

僕はどうしようもない人間だ。

「もうあの代表じゃダメだな。俺たちだけで作戦を練ろう」

「その必要もないでしょう。史上初の代表交代とはいえ彼はスカウト組。いくらでも言い訳はできるし、今回はAクラスに勝ちを譲りましょう」

「そうだな。彼を守るよりも先に、今後のバトルのためにあらゆる力をもって根回ししていた方が現実的だろう」

「由々式貿易と取引のある貴方のお父上に協力は願えない？」

「難しいかもしれないが、口添えくらいはしておくよ」

遂に皆がそのようなことを話しだし、見放されてしまう。

そりゃそうだろう。社長が無能なら、優秀な社員ほど呆れて早々に去っていく。

「おい二人とも！　零の頭から血が出てるぞ！」

「わああ千里……白兎さん……！　それ以上やったら佐藤君が死んじゃいます……！」

「ダーリン!?　ねえ本当に浮気しちゃったのダーリン!?」

「おのれ佐藤零!!　殺す！　貴様は本当に殺す!!」

遠のいていく意識の中、夜桜さんと目が合った。

月に叢雲花に風。まったく人生は都合が悪く、唐突に大不正解の判を押す。

夜桜さんの様子がおかしかったのは、嵐の予兆だったんだ。

真実を伝えたら、彼女はどうなるだろうか。

あれだけ冷静に見えた彼女を、僕が乱した。

本来最強なはずのSクラスを、僕が壊した。

全部、僕が招いた結果。
この惨状を、王ならどう扱う。
騒がしい教室の中僕の意識は遠のき、散っていく桜のように弱々しく消えていった。

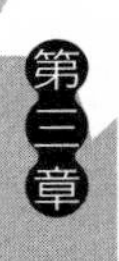

第二章　オーガニックじゃないとか健康に悪いよ(笑)

1.

「お目覚めですかボス」

目覚めるとそこは保健室だった。

見慣れない点滴台からは輸血パックがぶら下がっていて、付き添いが苹果なのが更に意外だった。

僕は彼の声掛けに返事もせずただただ溜め息を吐く。

「まだ血が足りていないようですね」

「……みんなは？　どのくらい時間がたった？」

「時刻は午後6時。皆さんはもうとっくに下校しました」

下校と言っても、自室に戻っただけですが。

つまらない冗談を言う苹果に、僕は笑えなかった。

「どうして苹果はここに……？」

「友人が窮地に陥っているのです。それをサポートするのが、ヴォくの役目でしょう」

「なんとなく意外だった」

「というと？」

「月並（つきなみ）や夜桜（よざくら）さんがいるものかと」

僕の言葉に苹果は頷（うなず）いた。

「アグリー。初めはそれこそ騒がしく、傍にいましたとも。ですが、彼が追い返しました」

苹果の向いた方をなぞると、そこには机で作業をしている養護教諭がいた。

「どうして苹果は追い出されなかったの？」

「追い出されましたよ？　ですが、舞い戻りました」

「怒られるやつじゃん」

「誰にもできないことをする。それが極光（あけぼの）家の家訓ですから」

どこまでもマイペースな彼に僕は思わず失笑する。

「皆優しいよね」

「アグリー。それは、ボスの人徳があってのことです」

「人徳か……」

ただ優柔不断なだけなのに。

「僕、夜桜さんと付き合ってなんかないんだ」

「うんうんアグリー。しかし、彼女はそのようには思ってないようです」

「勘違いさせちゃったんだ。僕が馬鹿だから」

彼は肩と口角を上げるだけで返事をした。

重い空気は嫌いなのだろう。

「謝るべきだよね」

「当然。バッドニュースファースト。悪いことから報告するのは、ヴィジネスの基本でぇす」

「……だよねぇ～」

ベッドの中で丸まると、苹果(じょぶず)は笑った。

「ボスは、何事も重く捉えすぎなのですよ」

へらへらとした苹果の笑みには、心を軽くする謎の作用があった。

「ヴィジネスにおいて失敗は付き物です。難しいチャレンジになるほど多くの人が大きな失敗をし、同じような結論に辿(たど)り着きます。しかし、それが成功のもとなのでぇす」

苹果は立ち上がってドアへと歩き出した。

「共に失敗を犯した仲間はいずれ強力な理解者となります。失敗を恐れて戦わなかった人間より、多角的な視点から物事を考えられるようになるのでぇす」

苹果はそれだけ言うとドアを開けてこちらに振り返った。

「この経験を、ヴァトルに取り入れることはできないでしょうか？　ここだけの話、これはチャンスです。突きつけられた難題に対して、最も正しい選択をしなければなりません」

「…………」

「それではボス。ヴォくは貴方(あなた)の可能性を信じています」

そう言って、苹果は保健室を後にした。

「…………」

結局、何が言いたかったんだろう。

何か良いことを言っているような気がしたが、何の中身もないような気もした。

やはり無能論を使いこなす人間の言葉は別格だ。

「……でも」

少しだけ勇気が出た気がする。

こんな状態になっても支えてくれる人がいるのだと思うと、まだ諦めることはできない。

先生が言っていたこのバトルの意味。

それさえ理解できれば、まだ可能性はあるはずなんだ。

『ごめん夜桜(よざくら)さん。今から教室に来れるかな』

できることだけのことをしよう。

たとえ殴られてもちゃんと謝りたい。

彼女は僕に弱さを見せた。なら僕だって、本音でぶつからなければならないはずだ。

「どうなさいましたの……こんな時間に呼び出して……」

夜桜（よざくら）さんはすぐに来てくれた。時計はもうすぐ18時を回ろうとしていた。

心なしか彼女はこちらを面と向かって見つめてくれず、照れたように手を後ろで組んでもじもじしている。

「夜桜さんに言わなきゃいけないことがあって……」

これほど緊張したのは初めてかもしれない。

人生で告白などしたことないというのに、まさか先に間違いだったんですなどと言わなければならないとは……。

「……一体、何事ですか……？」

緊張する僕の様子が伝わったのか、夜桜さんも不安げに呟（つぶや）いた。

乙女の純情を弄（もてあそ）ぶようで、非常に心が痛かった。

でもきっと、彼女なら許してくれる。そう信じるしかなかった。

「夜桜さん。草津に行った日の夜、僕に付き合ってくださいって言ったよね」

「――――!!」

モテる彼女は初めての告白だったのか、自分から言ったセリフを掘り返され照れくさそうに口元を隠した。

「……ええ。申し上げました」

やはり、というのはおかしいが、夢じゃなかったのだと落胆した。

「僕はそれにいいよって返したよね」

「……零様、一体何を……」

「あれは、嘘なんだ」

「…………」

「寝ぼけて返事をしちゃっただけなんだ」

唖然とした夜桜さんの表情にこちらまで泣きそうになった。

そして同時に、どうにか許してくれないかと今なお心の隅で思ってしまう自分が情けなかった。

「う、そ……？」

ゆっくり、噛みしめるように頷く。

彼女は信じられないと言ったように僕を見ていた。

しかし次の瞬間こちらに歩み寄り、僕の頬を思い切り叩いた。

誰もいない夕日に染まった放課後の教室で、乾いたビンタが空気を揺らした。

＊ ☾ ＊

次の日の比較学。

バトルに備えるはずの議論の場は最悪だった。

「まだスキルを開示していない人たちがいるけど、これは協力しないって意味で良いのかしら」

月並の言葉に皆は無言で返す。彼女は溜め息を吐いた。

「……じゃあいいわ。次は王の役を誰が担うか話し合いましょ」

夜桜さんもどこか遠くを見ている。誰とも目を合わせないように。自分の考えを見透かされないように。

「昨日の元気はどこ行っちゃったのよ。誰も発言しないなら、一人一人聞いて――」

「いいよ月並」

初めて発言した僕のことを、皆は何事かと注視した。

「誰が王の座を担うかなんて言うまでもないだろ」

見下すような僕の発言に、皆は不快感を露わにした。

「突然何を言うんだ零（れい）。本当に君が王の座を担うつもりなのか？」

「響一（きょういち）、君は何を言ってるんだ？」

「それは……」

冷たく尋ねた僕に怯（ひる）んでか、僕の気持ちを慮（おもんぱか）ってか、その先の言葉は紡（つむ）がなかった。

僕はもう一度、皆に尋ねた。

「最後に聞くよ。僕の好きな通りにするからね」

「え、でもダーリン――」

「意見しないってことは同調したのと一緒だ。少なくとも会議の場ではね。そうだよね、苹果（じょぶず）」

「アグリー」

平然としているのは唯一彼だけだった。

珍しく強引に事を進めた僕に戸惑っているのか、月並は辺りを少し見渡してから頷（うなず）いた。

「ダーリンの意見に、誰も異論はないのね」

「「「…………」」」

生徒一人一人の視線を浴びる。

興味のなさそうな生徒。

蔑（さげす）んだ目で見る人。

不安な様子の仲間。

各々言いたいことはあっただろうが、僕に対して不信感を抱いているのは明白だった。

返事をしない皆を見て、僕は頷（うなず）いた。

「先生。意見、纏（まと）まりました」

僕の席で寝ていた先生は顔を伏せたまま手を上げた。

「システムに登録するから、後で用紙に名前記入して俺のとこまで持ってこーい」

相変わらず我関せずといった様子の先生。変に意見してこないのが助かった。

「作戦は僕が考えて当日指示する。もちろん従わなかった人は王がしっかりマップで把握してるから、裏切りがばれるのが怖いなら上手くやってね」

一部の人間へ向けて釘を刺し、再び先生に声をかけた。

「先生。部屋に戻って作戦を考えたいので、今日も少し早いけど終わりで良いですか」

僕の声かけに眠たげな目を擦（こす）りながら起きると、先生は首を鳴らしながら頷いた。

「おーいいぞ。むしろ今後も早めに終わらせて俺を楽させてくれ」

「分かりました。——月並（つきなみ）、響一（きょういち）、東雲（しののめ）さん、苹果（じょぶず）。もし時間があったらこれから一緒に来てほしい。作戦を伝えるよ」

無理やりにでもやるしかない。

これは僕の生き残りをかけた戦いなのだ。

2.

「今からでも考え直せ零。この人数で戦うのはあまりに無謀すぎる」

同日の放課後、僕は特別な作戦を皆にだけ伝えるため部屋に呼び出した。

しかし道中、月並と響一はこの話に否定的だった。

「今回の戦いにクラスの協力は不可欠だ。このままじゃ数で押されて負けるぞ」

先ほどまではあまりに僕らしくなく強引に進めてしまったので、重い空気を誤魔化すために笑ってみせた。

「大丈夫だよ。きっとうまくいく」

力ない僕の笑顔に、月並は納得がいかないようだった。

「きっとじゃなくて、根拠を見せなさいよ。まずはダーリンが考える勝ち筋を教えて」

「……僕なりに考察したんだ。このクラスには4種類の人間がいる」

僕は事前に纏めておいたノートを皆に広げて見せた。

①僕に協力的な人間
②僕に否協力的な人間
③協力したいが②の圧で協力できない人間
④協力したくないが勝利のため協力する人間

「今回重要なのは③の人間をどうやって協力させるかだ。①と④は言わずとも戦ってくれるけど、③は②の目がある限り自由に動けない。ここで王の権力が生きる。玉座から伸びる道を左からA、B、Cとした時、Aに非協力的な②を集め、Cに協力したくてもできない③と、仕方なく戦ってくれる④を配置するんだ」

今回の肝はバトル時の視点が一人称にあること。

現実と同じく正面以外が死角であることで、裏切りの目を搔い潜ることができる。

「C地点は③、④の連中とここにいる誰かに防御役に徹底してもらう。そうだな……C地点は防御力が高いから、できれば苹果に担ってもらいたい」

「アグリー」

彼は疑問も抱かずに親指を上げた。

「逆にAには裏切り者が働かないように強力な監視の目を置きたい。ここには響一と東雲さんだ」

「2人も使って大丈夫なんですか……？」

「大丈夫。むしろ非協力的な人間を集めている分、攻撃の通りにくい東雲さんと、冷静で防御の堅い響一以外いないんだ」

「……B地点には残りの夜桜さんと白兎くんを置くわけか」

「そう。これでAとCは大体クラスの半分ずつの人数になる。内情はA地点が最も防御が薄

作戦フォーメーション

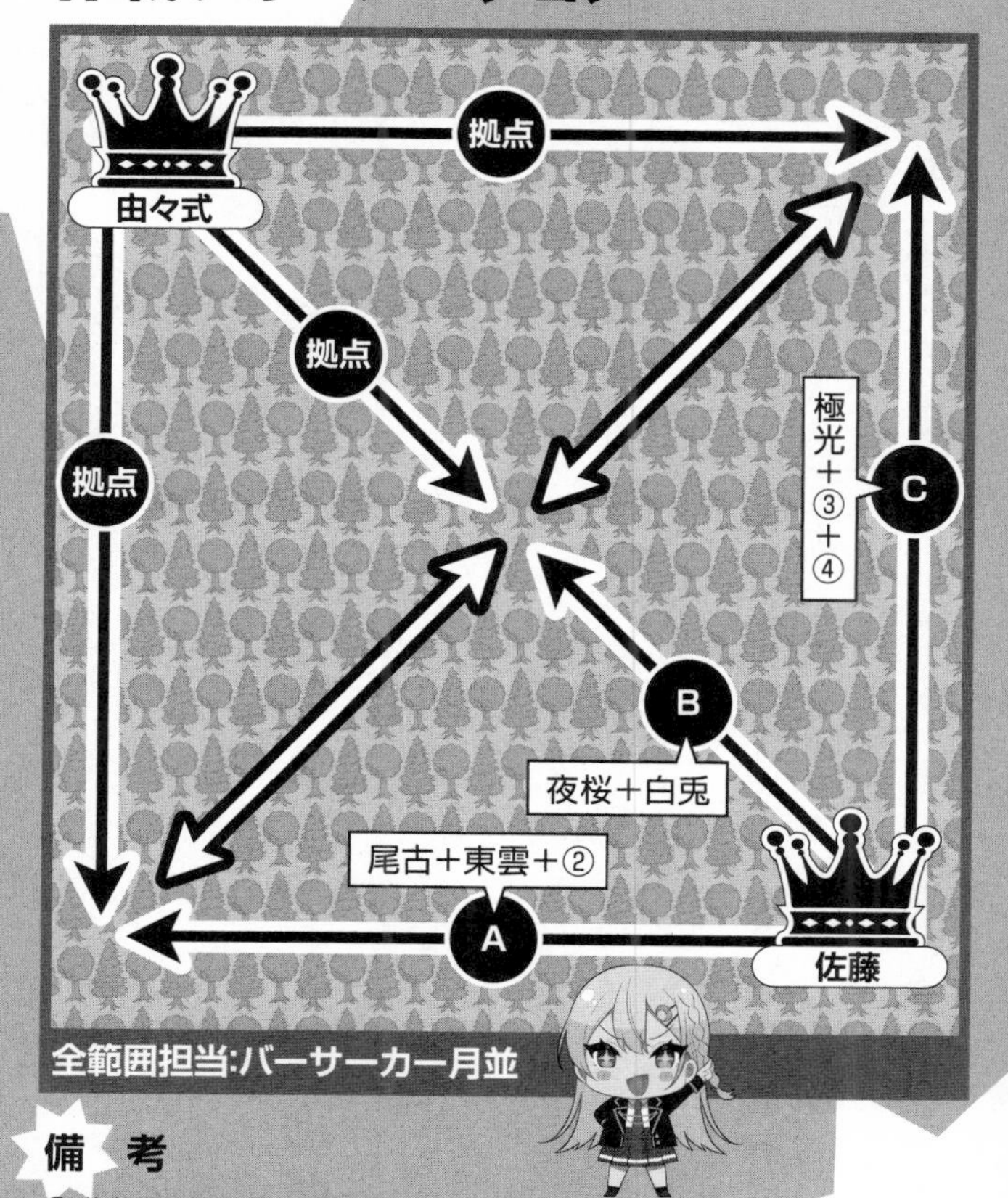

備考

- ❶ 佐藤零に協力的な人間
  （月並千里、尾古響一、東雲翼、極光萃果、夜桜環奈、白兎零世）
- ❷ 佐藤零に否協力的な人間
- ❸ 協力したいが❷の圧で協力できない人間
- ❹ 協力したくないが勝利のため協力する人間

く、C地点が最も防御が高いわけだけど、誰が僕に非協力的かは明言でもしない限り敵には分からないから、響一と東雲さんが指揮をとることでAもCと同等の防御力を誇るように見せかけるんだ」

「Bにいる夜桜さんたちは成績優秀者ですし、人数は少なくとも大丈夫ってことですね……」

「うん。で、攻めと守り、全ての地点を縦横無尽に駆け回るのがバーサーカー月並だ」

「私の守備範囲広すぎない？」

「うんうんアグリー……A地点は辻モッティー一派に、B地点にはよざぁくらさん一派。C地点にその他を置いて、完全防御の長期戦に挑むわけですね？」

「ねえ私は？」

「だが攻めが弱すぎはしないか。このバトルに引き分けはなく王を倒さなければ意味がない」

「まともな団結が取れればそれでいいけど、非協力的な人間がいるうちは無理だよ。これが完全にプログラムで組まれたゲームならまだしも、30人全員がそれぞれ別個の人格だ。でもその脆弱性はきっとあっちにもあるはずで、指揮をとるのも指示を受けるのも感情に変化のある人間である限り、ゲームのようにトントンと進まないはず。相手の攻めは完璧な防御で守り、相手の防御は月並のストレスで翻弄する。完璧な作戦だよ」

「私に何役担わせるつもりなのよこらああ!!」

「うわああごめんごめんごめん完璧じゃない！　でも今は可能性にかけるしかないんだあ!!」

僕が月並にキャメルクラッチをくらっていると、東雲さんが不安そうに呟（つぶや）いた。

「もしかして今の状況ってすごく不味（まず）いんじゃ……今からでも、協力してくれそうな人たちを呼んで作戦を練るべきじゃ……」

「ディスアグリー東雲さぁん。それには賛同できましぇん。こちらの情報を漏らす裏切り者が誰か分かっていない限り、不特定多数の人間に情報を流すべきではありませぇん」

「てか、夜桜環奈（かんな）はどうしたのよ。私のダーリンを勝手に彼氏呼ばわりして、まさか協力しないなんて言う訳ないわよね」

月並の言葉に僕はこみあげる感情をぐっと堪（こら）えた。


「夜桜さんは、この作戦には参加しないよ」


気まずそうな呟きを茶化すような人はこの場にいなかった。

「零（れい）。一体彼女と何があったのか教えてくれないか」

響一の言葉に僕は洗いざらい白状した。

草津温泉の夜中、夜桜さんに告白されたこと。

それを寝ぼけて快諾していたこと。

次の週もデートに誘われ、冗談だと思って付き合ってしまったこと。

月並よりも夜桜さんの方が好きだと言ってしまったこと。

「……え、私ものすごい悪く言われてなかった？」

僕の懺悔を聞いて、皆何も言えない様子だった。

「ねえ無視？　無視なの？」

何も言えない様子だった（笑）。

「まさかそんなことになっているなんて……よりにもよってこのタイミングで」

重々しい空気の中ついに響一が言葉を発する。

「謝っても、許してもらえなかったんですよね……？」

東雲さんの言葉に僕は情けない笑顔で頷いた。

「本気でビンタされちゃった」

皆それぞれの反応をするも、夜桜さんが先陣を切って戦ってくれることはないと悟ったようだった。

「だから皆、絶対に夜桜さんを刺激するようなことはしないでほしい。本来のSクラスであればAクラスとの実力差は歴然。でも僕を嫌う人たちが大半のせいで実力差はトントンどころか劣勢だ。プライドの高い夜桜さんをこれ以上傷つけて、最低限の防御すらもしてくれない状態になったら困るんだ」

「「「――――」」」

皆それぞれ思うことはあっただろうが、口には出さず頷いてくれた。

クラス中に嫌われる僕の心情を慮ってもくれたのだろう。

「それで今後の会議だけど、今ここにいるメンバー以外は招集しない。残りの1週間はできる限り味方のスキルを把握して、3つの地点に誰を配置するか入念に検討していこう。男子のスキルは東雲さん、女子のスキルは響一に調査を進めてほしい。月並と苹果は僕と一緒にもっとよりよい案がないかと、敵情視察を進めよう」

「敵情視察なんて、Aクラスの連中が取り合ってくれるとは思えないが……」

「……1人だけ、話してくれそうな人がいるんだ」

「「「…………？」」」

誰だろうとでも言いたげな皆の表情。僕はわずかな可能性にかけて、その人物にコンタクトを取ってみた。

3.

「まさか佐藤君が僕と話したいと誘ってくれるなんて光栄だよ。時間は何よりも大事だが、君との対話は貴重な時間を消費するに値する」

次の日、僕は月並と苹果を連れてAクラスの一員であり、クラス決めで何とか打ち勝った強敵の最小限主義者、影山春樹くんの部屋に赴いていた。

　彼は相変わらず大学生みたいに落ち着き払っていて、白シャツに黒スキニーも健在だ。

「ねえ私は？　私とは会話するに値しないの？」

「もちろん歓迎するよ月並さん。佐藤君のパートナーとあればなおさらさ」

「初めまして春樹氏。ヴォくの名前は極光苹果。株式会社グローバルクリエイティブデザイン・スマートテクノロジーズバリューエモーション・サイバーサイエンティクスネオホールディングスの代表取締役をしていまぁす。この出会いに感謝を」

「初めまして苹果くん。まさかこの世で最も革新的なソリューションを開発する極光家の人間に会えるなんて光栄だよ。有意義な時間を過ごそう」

　胡散臭い挨拶を終え、着席を促される。

　しかし座るも何も、無駄に広々とした20畳のリビングには椅子どころかクッションすらなかった。

　あるのは値打ちの分からない小洒落たアンティークと観葉植物のみ。

「ああすまないね。僕は椅子を持ってないからね、お客様の分もないんだ」

「さすが最小限主義者……隙がないわね……！」

「普段どこに座ってるの？」

「基本はカフェか図書館で過ごしているから家では座るって動作を行わない。基本はシャワーを浴びて寝るだけの空間だね」

「アグリー。無駄を極限まで削った暮らし。素晴らしい成功者の素質があります。かくいうヴォくも、服を選ぶのが面倒なので同じものしかもっていませんし」

「苹果くん……！　まさか君も最小限主義者なのかい……!?」

「俗称に興味などありませんが、共通点はあるかもしれませぇん。お金で買いたいものなんて、すぐに尽きてしまいますから」

「素晴らしい……!!　その通り、お金で手に入る幸せなんて些細なものなのさ……！」

「それもスティーブン・ジョブズのセリフよね」

「図らずも」

なんか僕より二人の方が打ち解けているのは気のせいだろうか。

阿保みたいなやり取りに呆れつつも、僕はその場に座る。

月並たちも座ると影山くんが冷蔵庫からペットボトルの水を出し手渡してくれた。

「水はあるんだ……」

最小限主義者なる生き物が何を必要とし、何を不要としているのか気になるところだ。

「それで……今日はどんな理由で僕に話をしに来たんだい？　念のため言っておくと、友だからといってAクラスの作戦を教えるなんてことはしないよ」

「……それでも招き入れてくれたんだね」

爽やかに笑いながら毒を吐く彼に失笑すると、再び彼は笑った。

「友人の誘いを無下にしたりはしないさ。勝利は望むが敵を辱（はずかし）めなどしない。世の成功者は皆そうして生きてきた」

彼の余裕にも僕は少し腹が立った。

相手の善意を素直に受け取れないほどに、追い詰められている状況だったのだ。

「じゃあ単刀直入に聞くわ。Aクラスは今回のバトルに勝てそう？」

僕の代わりに月並（つきなみ）が口を開く。春樹（はるき）くんは喜んで頷（うなず）いた。

「ええもちろん。我らAクラスの指揮は相当高い。政治学においてリーダーは4種類存在するが、佐藤（さとう）君が伝統的リーダーシップ論者だとしたら、由々式（ゆゆしき）さんは圧倒的に投機的リーダーシップ論者さ」

「……どういう意味？」

「大衆の不満がピークに達した時に現れる、不満の解決策を提示して支持を得るリーダーのことでぇす。歴史に基づくと、ナチスドイツのヒトラーが典型ですね」

「苹果（じょぶず）くんの言う通り。優劣比較決闘戦（マウンテイングバトル）、いわば慣習的に行われる選挙の結果に僕らAクラスは不満を持っている。佐藤君がSクラスの代表にいるのはおかしいってね。それをあの全肯定主義者（トランスフォーマー）の由々式さんが纏（まと）めているんだ。僕らの団結力は相当に固いよ」

前に先生が言っていたとおり、一般人である僕がSクラスの代表をしている事実は彼らの不満をより強く募らせている原因だ。何せ絶対比較主義者（マウンティスト）の世界で一般人がSクラスの代表になるのは、１５０年の歴史の中でたった２人目らしいのだから。

「それに、初日から月並さんがＡクラスに乗り込んできたからね。怒りはピークに達してるよ」

「――イタッ！」

とりあえず月並の頭を軽く叩いておいた。

「話せるのはこれくらいかな。僕だってこの世界でいい成績を残すため、少しでも活躍しないといけないんだ。申し訳ないね」

蹴落とさないといけない理由は分かっているが、友達というわりには随分と冷たいのだな。

そう思っていると、彼はこちらの考えを見透かしたように笑った。

「なに、退学したとしても人の繋がりは一生もの。別の学校の友達としてこれからも関わっていけばいいのさ」

「なんでもうウチのクラスが負けるの確定みたいな言い方してるのよ」

「ふふ……！」

月並の言葉に影山くんは笑ってごまかすと、席を立って冷蔵庫を漁り始めた。

「暗い話はほどほどに、ディナーでもどうかな。今日は僕がご馳走するよ」

「うえ……!?　いいわよ気を使わなくて……！」

「遠慮しないでよ月並さん。たまには人と話しながらの食事も大切だと僕も気が付いた」

「そうだよ月並。せっかくお邪魔したんだし、今度お返ししよう」

これ以上話が聞けないのであれば用はないが、話だけ聞いて帰るわけにもいかないのでご相伴に預かることにした。

「今日は珍しい来客だし奮発しちゃおうかな……！」

彼は少し上機嫌な様子で紙皿に何かを盛り始めた。

やはりご馳走といえど出来合いのもののようで、料理をするわけではないようだ。

時間がもったいないとの考えなのだろう。

お皿すら部屋にないあたり、皿を洗う時間も惜しいようだ。

その徹底ぶりには感心した。

「さ、いただこうか」

「「「…………」」」

そう言って目の前に置かれたものを見て、僕は固まった。

「……影山君、何これ」

盛られている……正確にいうと食材ですらないので、載せられているが正しいだろうか。

皿の上のそれは錠剤のように丸かったり、細長かったりと無機質な見た目のサプリメントだった。

「ああ。これは右からクレアチン、カルニチン、シトルリンDLマレート、オメガ3、ビタミンA、B_1、B_2、B_6、B_{12}、C、D_3、E、HMB、錠剤型EAA、錠剤型食物繊維、亜鉛、マグネシウム、鉄、カルシウム+カリウム、ルテイン、ロイシン、アルギニン、高麗人参エキス、共役リノール酸、マルトデキストリンさ」

唖然（あぜん）とする僕らの目の前に影山君は2つのカップを置いた。

「あとは主食に炭水化物ゲイナーと、主菜にプロテインね。これで炭水化物、タンパク質、脂質、ビタミン、ミネラルと摂取できる完璧（かんぺき）な食事さ。あ、でも月並（つきなみ）さん、一応マルトデキストリンを錠剤で出してるから、太りたくなかったら炭水化物ゲイナーは残していいよ。デザートは好きな味のコラーゲンゼリーを出してあげるから、遠慮なく言ってね」

上機嫌で食卓についた影山君はとんでもない量の錠剤を一気に口に含み、プロテインで流し込んだ。

「ごちそう様でした」

「「………」」

15秒で完食しやがった……!!

「完食ってか、これは食事と呼べるのですか月並さん⁉」

「だからいらないって言ったのよ馬鹿……！　最小限主義者の主食がサプリとプロテインだって教えたのを忘れたの⁉」

「まさか本当にそうだとは思わないじゃん……！」

「ダーリンのせいだからね……！　貴方が私の分も食べるのよ……！　もりもりもりもり！　食べ盛りのごとく……！」

「いーやーだー……！　僕はこんな未来人みたいな食事したくない……！」

「私だってこんな節子ちゃんみたいな食事いやよ……！」

影山君に聞こえないように月並と顔を伏せて喧嘩する。

Aクラス唯一の友達をここで不機嫌にし、敵に回するわけにはいかなかった。

「うんうんアグリー。これは結構なお手前ですね」

錠剤を遠慮なく食べ始めた苹果。相変わらず常識に囚われない男だ。

食べ始めたってか、それはバリバリかみ砕くものでしたっけ？

「あれ？　2人は食べないの？」

「「――――‼」」

やべえ奴に声を掛けられ僕と月並は背筋をピンと伸ばした。

「あ！　あー私！　ダイエット中だから今回は抜いとこうかなー！」

こいつ！　卑怯な言い訳を……！

「あ、それなら――」

影山君は月並の紙皿に手を伸ばし自分の方へ寄せた。

くそ！　こいつだけこのゲテモノ料理（？）を食べなくて済むなんて――！

「カフェイン剤とシッサス、グルコマンナンも追加しようか」

「⁉⁉⁉」

追加……だと……⁉

「このカフェイン剤はお気に入りなんだ。1粒で200mg配合されてるから、そこらのエナジードリンクの3倍近いカフェインが含まれてるし、ノンシュガーだからダイエットには最適なんだ。でも飲みすぎには注意してね。カフェインは摂取しすぎると心拍数が増加して心不全みたいな症状が出るから。一日の摂取上限は400mgとされているんだけどね、一時期カフェインに耐性がついちゃって一気に3錠飲んだら心臓バクバク汗だくだくで死ぬかと思ったよ……。僕はあの状態を『ギアサード』と名付けて、テスト前だけ解禁してる」

「ばかなのぉ……？　ねえ、ばかなのぉ……？」

月並が泣きそうな表情でこちらを見てきて、さすがの僕も同情した。

「すっごい効くんだ。久しぶりにキめちゃおうかな」

彼は興奮気味に立ち上がると、棚の中から大きめの錠剤が入ったボトルを取り出した。そしてそれを3粒手に出し、一気にプロテインで流し込んだ。

「……ダメだ、僕はカフェインに耐性が付いちゃってるから、ギアサードじゃ目が覚めない」

「体から湯気出てますけどぉ……！」

顔を真っ赤にして目を見開く影山君に、月並は怯えながらツッコんだ。


「もう1粒いっとくか……！　『ギアフォース』!!」


彼は気を引き締めるように叫びながら飲み込むと、次第に肩で息をしながら震えだした。

「きたきたきたきたこの感覚……！　心臓が通常の2・5倍でポンプし血液が沸騰する……！　これで目は覚め脳が冴えわたり、朝活に集中できるんだ……!!」

「いや早朝のオシャカフェにこんながんギまりのやつ来たら迷惑だわ！」

てか、朝からこれだけ飲まないと集中できないって、無理して起きてるよねそれ。

「これは興味深い。ヴォくにも頂けますかね」

朝活に反応した苹果は影山君に催促した。

「ああ勿論いいとも……！」

影山君がはあはあ言いながらボトルを振る。

すると興奮で力の加減ができなかったのか、苹果の手のひらには5粒の錠剤が転がった。

「ああごめん……たくさん出ちゃ――」

「いただきます」

「「――――!?」」

影山君が余分に出たカフェイン剤を回収する前に、苹果は一気に5粒口に含んだ。

「だめだ苹果君……！　常人にその力は扱えな――」

「これはなかなか、効きますね」

「そんな……！　一般人が『ギアフィフス』に耐えられるわけがない……!!」

「ヴォくはブラックの珈琲を常に飲んでいますから。この程度のカフェイン、特別なことではありませぇん」

アグリー。

頷いた苹果はいつもよりも楽しそうだった。

「しかし、これは中々に心地よいですね……。やりたかったことが全部できる気がしまぁす。

これがヴォくの、『最高地点』でぇす」

全身から湯気を発し若干苦しそうながらも、彼はカフェインで覚醒しているようだった。

こいつが覚醒して何の役に立つのかは知らないが。

「すごい……さすがは極光(あけぼの)家の人間……僕もまだまだだね……」

「アグリー」

二人は熱く握手を交わし、月並(つきなみ)の方を見た。

「とにかく、カフェインには素晴らしい効果があるんだ。ほら月並さん、いくらダイエット中だからって、食事を抜いてはいけないよ。減量は正しい食生活から。無理なく必要なものを摂取して、健康的に体重を減らさなきゃ」

蒸気を発する……というか、常軌を逸したお前に言われたくねえよ……！

きっと月並も同じく思っているのだろう。俯(うつむ)いて肩を震わせていた。

返事をしない彼女の前にそっとカフェイン錠を置き、影山(かげやま)君は今度は僕の方を見る。

「ほら佐藤(さとう)君も。サプリメントは新鮮なうちに限る」

新鮮もクソもなくね？

ツッコみたかったが、今は自分の保身が第一。

僕は月並と同じ道を進まぬ秘策があった。

「……ごめん影山君。僕、信仰してる宗教の教えで食べられないんだ。この時間は攻略本のソテーを食べないと詰んじゃうからね……この人生という名の鬼畜ゲーに……」

「――――！」

裏切り者を見るかのような月並に極上の笑みをくれてやる。

悪いな月並、僕はダイエット中なんてつまらない理由は述べない。

攻略本ソテー教という、誰も触れられない宗教に属しているとっておきの言い訳があるのだ。

しかし、

「大丈夫。ヴィーガンの人にも考慮して、全部植物由来のものを取り寄せているから」

「――――!!」

攻略本を食べる宗派に引いて話が頭に入らなくなるはずなのに、一切触れてこない。

完敗した。

全ての人に考慮したこの純粋な笑顔。

「……てか、僕ヴィーガンじゃないし」

「覚悟を決めるしかないようねダーリン……」

意を決した月並が不敵な笑みを浮かべながら震えている。

錠剤を手に震える美少女。

この絵は不味(まず)くないか？

「でも、よく考えたらこれは健康維持のためのサプリメント……。何も悪いものが入ってるわけでもないし……」

そうだ。見慣れない光景に拒否反応が出ただけで、悪い成分は何一つない。

何度も言われたじゃないか。世界には様々な人がいる。

僕がたまたま肉やご飯を主食にしていた種族に生まれただけで、サプリメントを主食にしている種族も存在するんだ……！

「……い、いただきます……」

僕と月並(つきなみ)は意を決してそれらを口に含んだ。

「…………」

その後、僕は謎の腹痛と吐き気に襲われ3日間を無駄にした。

第四章 今どき多様性が足りてないよ（笑）

1.

僕が体調不良に悩まされている最中も、月日は慈悲なく過ぎていった。

まともに作戦会議ができずに本番当日を迎え午前10時前。今は自室のテーブル前に座ってその時を待っている。

バトルが開始されるまであと10分。

学内用スマホはバトル開始と同時に通信が切断されるので、裏で作戦の連絡を取れるのはこれで最後だった。

『配置は間違いないか零（れい）』

響一（きょういち）から最後の確認が飛んでくる。

僕が休んでいる3日の間に響一と東雲（しののめ）さんが必要最低限のスキル収集を行い、みなで味方兵の配置を決めてくれた。

『うん間違いないはずだよ。予想以上にスキルを聞き出してくれてありがとう』

やはりあの二人を選んだのは間違いなかった。

力強くキリッとした響一と、おどおどして不安げな東雲さんに質問されたら相当嫌いでない限り答えてしまう異性は多いだろう。

『結局、夜桜環奈が攻めに回るってことは叶わなかったのね』

まあ私一人で事足りるけど。

強がってはいても、月並の声は呆れに似た怒りが込められていた。

僕が返事をしないので、月並もそれ以上は追及しなかった。

『そろそろ準備しようか』

開始5分前にヘッドギアを装着するように言われていたのでみなに促す。

『ああ。健闘を祈る』

『必ず勝ちましょうね……！』

『アグリー。それほど難しいミッションではないはずでぇす』

『所詮Aクラスよ。数で劣勢だろうと、負けるわけがないわ。ダーリンも、退学なんかになったら許さないから』

僕が弱くなければ、こんなに苦しむことなく終わるバトルだったのだろうな。

『うん。必ず勝てるから安心して』

最後に僕も返事をし、グループチャットは終了した。

2.

ヘッドギアを装着するとそこは前回と違った景色が広がっていた。

映画『ローマの休日』のように階段が重なる広場にはクラスメイトのアバターたちが集まっており、階段を上がった先には高い壁が聳え立っている。


「全員お集まりですか～？」


見慣れない空間に辺りを見渡していると頭上から声が聞こえた。

見ると烏のアバターが空でホバリングしていて、羽を落としながらゆっくりと階段の最上に足を着ける。そいつは頭に小さなカメラを載せていた。

「どーもみなさん！　毎度おなじみ、2年Sクラス、報道部部長の烏ノ燐でございます！　始まりの合図とルール説明をしに参りました！」

前回のクラス決めで実況を行ってくれていた烏ノ先輩だ。

僕が1学年全員に嫌われる原因を作った発端でもある。

あれ？　でも、今は2年生も優劣比較決闘戦の最中ではないのか？

「2年生も優劣比較決闘戦の最中ではないのか、と思ったそこの貴方にご回答！　我々2学年の初回優劣比較決闘戦は皆さんのクラス決めと同じトーナメント方式なのですが、しょーじき

1年間Sクラスを守り抜いた我々とそれ以下では実力差がありすぎますので、シード枠が設けられているのです！」

それに、私は成績優秀者でもありますし♪

烏が上機嫌にお尻を振る。

「まあ私のマウントはほどほどに、ルールの再確認から参りましょう！　また注意喚起ですが、私の音声は1学年全員に届いております。しかし、あなた方の声は私に届かない一方通行ですので、今更のご質問はご遠慮ください！」

烏ノ先輩の言葉に応えるように、彼女の横に大きな電子モニターが出現した。

「今回1学年は団体戦！　S↑A↑B↑C↑Dの構図でバトルをしかけ、壁の奥にあるステージ内を自由に駆け巡ってもらいます！　最初はS対AとB対C！　最下位のDクラスは待機時間です！　一番不利なクラスらしく、上位クラスの戦いぶりでも見て勉強してください！」

再びお尻を振ってみせる烏のアバター。前の実況でもそうだったのかもしれないが、以前より煽り方が上がっていてDクラスではないがイラッとした。

「ステージは正方形で3つの道に分かれるマルチプレイヤーオンラインバトルアリーナ！　今回はコンセプトが魔法の森となっていますが、実際に歩けるのは道の上だけで木々の中は進めませんのでご注意ください！　不正はすぐに発覚しますので、正々堂々とマウンティングを行いましょう！」

七色の光の玉が鳥アバターの周りをぐるぐると回り、鳥は目を回して倒れた。

夜の森に浮かんでいたあれは監視カメラだったわけか。

「最後に！　各々ＭＰは３０００！　王は兵に指示を出し、兵は敵を倒しながら敵王を討つ！　マップ全体を把握できるのは王のみで、バトル中一人につき1回だけスキル使用が可能です！　皆様、問題はございませんでしょうか？」

一応頷（うなず）いて見せる。先輩は僕らの姿など見えていないだろうが、彼女も満足げに頷くと翼を広げてふわふわと飛び始めた。

「それでは時間ですね。全員、王の決めた拠点へと配置を始めます。心の準備をしてください！」

先輩の合図と同時にみなのアバターが消え、辺りが白い空間で埋め尽くされる。

そうかと思うと、瞬（また）く間に視界が広がっていき、メルヘンな夜の森へと変化していた。

「さあみなさん！　今回も白熱して参りましょう！　バトル開始の合図をみなさん一緒に――」

カウントダウンが始まる。10―9―8―7―6―………。

「何のアイデアも出さないのに偉そうな顔ばかりする上司のような顔で――？」

3―2―1………。

「「固定観念を捨てろ……」」

生き残りとプライドをかけた戦いが始まった。

3.

バトル開始と同時に僕はボイスチャットをオンにし、特定の仲間たちへと声を上げた。

「みんな作戦通りに行ってくれ！　月並！　お前は自由にやれ！」

『私への指示雑すぎじゃない!?』


「全速前進DA!!」


クラス中の音声が聞こえてしまうので他の人たちには何のことだか分からないだろうがそれでいい。寧ろ、裏切り者たちが変な発言を行えなくなるため、好都合だとも思った。

『私はひとまず中央の対角線まで出るわ。そのあと一番敵の少ない道へと進むことにする』

「分かった。出会った敵にはとりあえず喧嘩ふっかけてくれ」

『こちら尾古、東雲方面。前方から3名の進行を確認。相手はこちらの数を見て歩みを止めた』

「その場待機でお願い」

『了解』

響一たちの拠点は僕に非協力的な人間が多く配置されている。それを知っているのは僕らだけで、相手は十数人いる中で誰が僕を貶めようとしている人間なのかは判別できない。

暫くの間は様子見をするはずで、時間を稼ぐことができるだろう。

「苹果。そっちは？」

僕の質問に彼は「ふんー」と謎の返事をした。

『こちらは未だ敵が見えず。平和でぇす』

「オッケー。待機で」

『アグリー』

「残りのみんなは配置された場所で防御の態勢を取って。今回の攻めは月並に全部任せてる。敵が無理に攻撃してきたところをみなで返り討ちにし、防御が薄くなった道を月並が進む」

クラスメイトのざわざわとした声が聞こえてくる。

『まだ勝つつもりなのか佐藤』

『そのようだね。俺たちはできるだけ無関係を貫くぞ。変に味方して負けたら今後のバトルで支障が出る』

『その後お父様の反応はどう？』

『今回は難しいが、次回からならどうにでもなるとさ。どちらにせよ取引量は増やす予定だったらしい』

『Aクラスも変にひるまず、さっさと攻めてくれればいいのにね』

『あちらにもプライドはあるでしょ。いくらSクラス代表初降格とはいえ、代表が一般人のクラスを圧倒的な差で倒してもあまりいい印象はないから』

混線しすぎて誰の声なのか判断しづらいが、否定的な意見が多いのは明らかだった。

僕を嫌うクラスメイトたちはもちろん、たぶん協力的なのだろう生徒たちも不安そうにしている。


『佐藤お前、また月並頼み？』


そんな僕に声をかけてきたのは辻本さんだった。

僕とは別地点にいるので表情は確認できなかったが、劣勢な僕を嘲笑い、邪魔をしようとしているのは明らかだった。

「ああ。月並は敵の注目を一身に集める重要な奴だからね」

『戦略もクソもねえのなお前。クラスを纏められなかったからって少ない友達に重荷を背負わせて自分は城の上から高見の見物かよ』

「無能を纏める意味ってある？　君たちは僕を過小評価しすぎだ。才能の有無を見極めるのもまた才能だよ。僕に加担した方が利があると踏めなかった君たちは、いくらいようと鉄砲玉にすらならない」

辻本さんは鼻で笑った。

『お前の仲間は潜在的な人間を含めてもせいぜい10人。相手の30人に対して3分の1だ。そんなんで戦って何になる。ただの時間稼ぎにしかならねえよ王様』

そうだよな……。

クラスの誰かが呟いた言葉は、いやに大きく響いて彼女に同調した。

『ほら王様。みんな思ってるんだよ。他人の力を借りるしか能のないお前に王の座は務まらないってな』

前回のバトルでも何度も問われたリーダーとしての素質。

他人の力を借り続けて勝利をし、月並に譲られ、夜桜さんを貶して勝利した。

そう。僕はまだこの学校に来て自分自身の力で戦えていない。

『敵のいない安全な城から見える景色はどうだよ佐藤。お前はそれで満足なのか？』

辻本さんの言葉に従い僕は目の前の景色を見た。

魔法の森は想像以上に広く、ハムスターが歩くには少し不利な地形をしている。

ふわふわと浮かぶ七色の玉は幻想的で、敵のいないここはただの穏やかなファンタジーの世界だった。

一難去ってまた一難。

やっとの思いでこのふざけた学園を生き抜いたというのに、再び僕の実力が問われている。

確かに今ここで敵に遭遇すれば一撃で死んでしまう、あまりに不確定な作戦だった。

『お前だせえよ佐藤。ずっと味方に守ってもらって、時間を稼ぐだけの裸の王様』

「……うるさいな」

黙って見てろよ、節穴野郎ども。

「それでも僕は……進むのをやめない……！」


『あっそ……』

『さ、佐藤君……！　辻本さんが一人で敵陣に……』

声が聞こえなくなったと思ったらそんなことを。

「大丈夫。彼女が何をしようと僕らの作戦は崩れないから」

必ず大丈夫。自分に言い聞かせるように東雲さんを諭す。

暫くの間があってから、僕は念のためやつに声をかけてみた。

「零世。君は持ち場から離れてないよね」

返事がない。

僕はわざと若干の苛立ちを見せてもう一度呼んだ。

「おいクソウサギ……返事をしてくれよ」

『……私はいつだって環奈様と共にある。分かったら二度と話しかけるなクソネズミ』

僕らのやり取りに割って入るかとも思ったが、夜桜さんは沈黙を貫いていた。

『――こちら絶世の美少女月並千里。対角線上の広場に着いたけど敵は見当たらないわ。敵が見えるまで暫く待機するわね』

　様子を見てかたまたまか、夜桜さんの代わりに月並が声を上げた。

「いや、月並はそのまま苹果方面に行ってくれ」

『分かったわ』

　一応でも夜桜さんを信じているのか、月並はB地点を捨てて苹果のいるC方面へと向かってくれたようだった。

「――――」

　休息をとっている暇などないというのに、ふと魔法の空を見上げる。

　この森にも何かしら学校の意図が仕込まれているのだろうか。

　考える。七色に光る球の意味を。

　考える。３つの道に分かれる意味を。

　考える。優劣比較決闘戦が開催される意味を。

　常識的な思考は必要ない。

　この狂った学校自体が、世間一般から外れているのだから。

『ボス。こちら敵兵２名が進行してきました。迎撃します』

『２名？　随分少ないな』

響一の疑問も納得だったが、問題はなかった。

「頼んだ。寧ろ好都合だよ」

『アグリー。皆さんはそこで控えててくださぁい』

きっと他のクラスメイトに言っているのだろう。

敵兵2名に対して苹果は1人でバトルの挑戦を受けた。

『細川啓介&相良美幸　VS　極光苹果』

『あれ、たった一人？　奥の7人は怖気づいちゃったか？』

『それとも全員佐藤くんに協力したくないだけだったりして』

嘲笑う2人の言葉に、苹果は笑って返した。

『ディスアグリー。貴方がた程度、ヴォく一人で十分だということでぇす』

『……舐めやがって……』

〈細川啓介に5031、相良美幸に3450のダメージ〉

露骨な煽りに二人は早速ダメージを受ける。

苹果は常に口角が上がっており、何でも余裕の発言をしてみせるので、存在しているだけでストレスを与えることのできる月並と似た能力を持っている。

だがそれ以上に凄いのは、明らかにダメージを狙いに来ている発言をしても無視できないところだ。例えば今の場面で僕が同じセリフを口にすれば根拠のない自信に鼻で笑い飛ばせるところ、苹果の場合根拠がないにもかかわらずイラッとくる。仮に根拠があってもイラッとくる。

月並が不快感だとしたら苹果は嘲笑の化身。

この学園の2大ストレスと言っても過言ではないだろう。

『さて貴方がたはどのようなアジェンダでヴォくを楽しませてくれるのでしょうか……』

『余裕ぶるのもいい加減にしときな。お前が実は貧乏だというのは既に割れてるんだよ』

『な、なななな何を仰いますか……細川氏はジョークがお得意のようですね……』

〈極光苹果に10200のクリティカルダメージ〉

『私ルナバで見てたわよ。7890円の買い物を48回に分割してたわよね』

『……うんうんアグリー』

〈極光苹果に77777のクリティカルダメージ〉

『WINNER　細川啓介&相良美幸――LOOSER　極光苹果』


「「…………」」


ざっこ……。

僕と戦った時もそうだったが、あまりに防御力が低すぎやしないだろうか。

『ちょ！　苹果君しっかりしてよ！』

『馬からスライムのアバターに変更しろ！』

『雑魚はもういい！　みんな戦いを受けるぞ！　所詮Aクラス連中。俺たちには到底及ばない』

控えておけと指示したクラスメイトから罵詈雑言（ばりぞうごん）を浴びる。

だが僕はあいつの弱さを鑑みたうえで単独配置したのだ。なぜなら彼の強さは圧倒的なウザさに加えて、彼にしか持ちえない特殊なスキルがあるのだから。

『楽勝だったな』

『次は貴方（あなた）たちよ』


『おやおや、それは聞き捨てなりませんね』


『『『――――！』』』

『ここを通りたければ、ヴォくを倒してからにしてくださぁい』

彼らの驚く様子を目の前で見れないのが残念でならなかった。

死んだはずの苹果（じょぶず）のアバターが、当たり前のような顔で立ち上がり、しかも2頭に増えているのだから。

『極光苹果（あけぼの）……!?　あなた、死んだはずじゃ……！』

『ヴォくが、死んだ？　はて、何のことでしょうか……』

『不正！　不正だ！　先生方！　極光苹果が不正を行っているので即刻切断してください！』

しかし学校側からのアナウンスはない。

当然だろう。あれこそが彼のスキルなのだから。

『スキル「七転八倒(大体のルールは把握しました)」発動——最大7回復活し、攻撃が2回攻撃になる』

この学園のAIは恐ろしい。僕のアバターがハムスターだとわかった時は心底がっかりしたが、僕の人物像を完璧(かんぺき)に把握し表現したのだと今なら納得できる。

苹果のアバターは馬と鹿。あの2匹の頭蓋骨には果たして脳みそが詰まっているのだろうか。放たれる能天気な表情からは、知性というものがまるで感じられない。

『さて、本番といきましょうか……』

『『————!!』』

〈細川啓介(ほそかわけいすけ)に16622、相良美幸(さがらみゆき)に19988のクリティカルダメージ！〉

彼の言葉に僕の背筋にまで悪寒が走った。

あれだけの負けっぷりを見せておいて、なぜあんなに自信満々なのだろうか。なぜ渋い声を出せるのだろうか。恥ずかしくはないのだろうか。

疑問をあげればキリはないが、それが彼の強さだ。全力で肯定してあげよう。

さあ、血祭りの時間だ。

「やっちゃえ、苹果」

『イエス。ボス』

馬と鹿は同時に断(いなな)いた。

『そもそも、ヴォくにお金がないことの何がいけないというのでしょうか？』

『……いけないとは言ってないけど、おかしいじゃない……！　苹果(じょぶず)君は推薦組。鷺ノ宮(さぎのみや)の人間に認められているのなら、最低限の資産は持っていないと』

『資産は持ち合わせていますよ？　株式会社グローバルクリエイティブデザイン・スマートテクノロジーズバリューエモーション・サイバーサイエンティクスネオホールディングス。これこそがヴォくの最大の資産でぇす』

『だが債権ばかりで資産価値がまるでないよな』

『おや？　先行投資するのはヴィジネスの基本ですよ？　某ネットショッピングサービスZAMAZONが長期間にわたり赤字経営を続けていたのをご存じないのですか？』

『『――――!!』』

〈細川啓介(ほそかわけいすけ)に2129、相良美幸(さがらみゆき)に1988のダメージ〉

いいぞ苹果！　押してる！

『てかその会社って何してる会社なの!?　聞いたことないんですけど……！』

『主に革新的でセンセーショナルなバリューを提供しています』

『具体的には何を作ってるんだ？』

『代表であるヴォくは主にコンサルを行っているのですが……産業ですと最近は「アルガードテュースピクス」の開発に携わっていますね』

おおなんか凄そうだ！　その調子で続けろ！

『そのアルガードテュースピクスって何なの……？』

『医療分野や食品分野で活躍する衛生用品ですね。日本では年間約7億本も製造されているものの、最新モデルになります』

聞いたことないがきっと専門的な現場では必須のものなのだろう。

すごい！　苹果はそんなものの開発を行っていたのか！

『具体的には何に使うものなんだ……？　生産量が高いわりに聞いたことのない名前だが……』

『爪楊枝です』

『『…………』』

ん？

『……今、何の開発に携わってるって言った……？』

『爪楊枝です』

『『…………』』

…………。

あいつはもうダメかもしれない。

いや、確かに爪楊枝は大事だよ。役に立つ。歯に挟まった食べ物を取る。細かい部品の掃除を行う。たこ焼きに刺して食べやすくする。ちょっと困ったときにあると助かる、日本を感じる逸品だ。

だが問題はそこじゃない。その爪楊枝について研究、開発を行っていることだ。

まず、爪楊枝の最新モデルってなんだ。

『あの……その開発してる爪楊枝は――』

『アルガードテュースピクスです』

『アルガードテュースピクスは……従来の爪楊枝とどう違うの……?』

そ、そうだ……まだ可能性はある。

爪楊枝の形をしながらダイヤモンドほどの強度を持つとか、先端に小型カメラが付いていてスパイ活動に役立つとかそんなものに違いない。それなら――。

『なんと、従来の爪楊枝は一本しか先端がありませんが、アルガードテュースピクスは爪楊枝が2本に連結して、同時に歯の隙間の掃除を行うことができるのです……!』

「『『……え、ゴミじゃん』』」

『わっつ?』

思わず僕も、他の地点にいたクラスメイトも敵の言葉に重なってしまった。

『確かにまだ研究途中ではありますが……これが実現すればより早く歯の隙間を綺麗にできるのですよ……？』

『え、なら両手でやればよくない……？』

『……その発想はありませんでした……！』

〈極光苹果に４４６０２のクリティカルダメージ〉

『ＷＩＮＮＥＲ　細川啓介＆相良美幸――ＬＯＯＳＥＲ　極光苹果』

「月並……今どのあたりにいる……」

『もうすぐ着くわ……』

「援護は頼んだ……」

『うん……』

月並をＢ地点に待機させなくて本当によかった……！

気が付かなかった。あいつがあそこまでの雑魚だったなんて……。

今までのＣ地点は防御がないに等しい状態だったんだ。

たとえ1回復活しようと、所詮中身は変わらないのだ。

その後苹果はあっさり8回殺された。

4.

『WINNER　月並千里――LOOSER　細川啓介＆相良美幸』

その後駆けつけてくれた月並が2人を倒したが、消える寸前妙なことを呟いた。

「左8プラス1マイナス月並」

具体的な意味は分からない。だがボイスチャットで連携を図っているのだとは推測できた。

『それに敵が全く攻めてこないのもおかしい……』

響一が疑念を抱いた時だった。


『――ならウチが連れてってやるよ』


突然聞こえたのは辻本さんの声、そして――。

『今ここに！　貴方の敗北が決したわこのレイシスト！』

「「――――!?」」

同時に聞こえた由々式さんの声に、クラスメイトたちはみなざわめいた。

月並ですら、彼女の思わぬ行動に叫ぶ。

『辻本炎華！　アンタどうしてそこに！』

敵の声は相当近くに接していないと僕らにまで聞こえるはずがない。それこそ、先ほどの茱果(じょぶず)くらい近づいて戦う距離じゃないといけないはずなのに聞こえる。つまりそれは、辻本さんが今敵陣を突破して由々式さんの元までたどり着いたということだ。

　辻本さんはつまらなさそうに答えた。

『あーウチらの王様が放っておけって言ってくれたから一人で歩いてたらさ、全然Aクラスの連中が見えないわけ。で、拠点も通り過ぎて歩いていったら、敵が由々式を囲むようにして待機してたってわけ』

　なるほど。もともと攻めてくるつもりはなかったわけか。

　僕らのクラスは僕に協力する人が多くないので迂闊(うかつ)に攻めることはできない。だから防御に徹するはず。そこは誰でも予測できるし、こちらも相手がそれを理解していることは承知の上。だが月並や夜桜(よざくら)さんという不確定要素がいることで、相手も油断はできなかった。

『一ついいことを教えてあげましょうか佐藤零(さとうれい)！』

　由々式さんが辻本さんのマイクを通して僕に投げかけてくる。

「何、裏切り者の名前でも教えてくれるつもりなの」

　僕の言葉は直接彼女には届かない。だがご丁寧に、辻本さんが復唱し由々式さんに伝えてくれた。

『それは私も知らないわ。でもこれを聞いたら予想くらいはつくかもね』

　私はあることを知っている。

彼女が次に続けた言葉に、月並や響一も思わず声を上げた。

『夜桜環奈はB地点で防御をしているのよね？』

「『――――！』」

他のクラスメイトにはさっぱりだろうが、僕らの５人の中では重要なことだった。

なぜなら誰をどこに配置するかの内容は、僕を含めた５人しか知りえないことだったのだから。つまりそれは、僕ら５人の中に裏切り者がいたことを指す。

『誰がそんなことを！』

響一が本気の怒りを見せたのは初めてかもしれない。

その言葉を東雲さんは全力で否定した。

『わわわ……！　私じゃありませんよ……！』

『もちろん私でもないわよ』

月並も否定する。

死人に口なし。僕らのグループにあちらから入りたいと言った苹果は当然否定できなかった。

取り乱す僕らに由々式さんはゲラゲラと声を上げ笑った。

『さー誰でしょうねえ？

胡散臭い萃果くんが私たちAクラスの仲間だった？

気の弱い東雲さんが脅されてうっかりゲロっちゃった？

政治的なしがらみで響一くんが代表にのし上がるため？

勝利のためなら何でもする月並さんが最初から仕組んでいた？』

んーどれでしょうねー。

由々式さんはとても愉快そうに一人一人の動機を述べていった。

『はー楽しい。皆もう疑心暗鬼を起こしてるわよね。それとも、たった1か月しか経っていない仲間たちを信じる？　でも実際に私は貴方たちしか知らないはずの事実を知っちゃってるし、匿名でメールが届いてるんだもんなぁ……。もしよかったら証拠に送る？　もちろんその頃には、佐藤零の退学が決まってるでしょうけどね！（笑）』

彼女の煽りに合わせるように、辻本さんも笑った。

『さっさとバトル終わらせたくって来たけど、無駄足だったみたいだな』

僕らが戦う間、彼女はせっせと敵陣まで走って、先ほど着いたわけか。

『アンタらの絆も所詮その程度だったってこと。クラスメイトの裏切りを気にするばかりで、身内の裏切りを予想しなかったお前が悪いんだぜ佐藤』

「――――!!」

僕は声を抑えるのに必死だった。

しかし彼女らは冷酷に告げた。

『終わりよレイシスト』

『こちら東雲(しののめ)翼(つばさ)です……！　佐藤(さとう)君、A地点遠くからたくさんの敵兵が見えます……！』

東雲さんの絶望したような声に、僕は申し訳なくなった。

『辻本(つじもと)さんに話を聞いてからAクラス全員を移動させたわ。今からA地点に総攻撃をしかける。夜桜(よざくら)環奈(かんな)はB地点にいて、月並(つきなみ)千里(せんり)もC地点にいる。全速力で走る月並さんであれほど移動に時間がかかったんだもの、A地点崩落までにその2人が駆けつけてくれることはないでしょうね……』

『それにウチらは圧倒的劣勢。仮に月並が今から由々式(ゆゆしき)の元へ走っても火力が足りないし、佐藤が落ちる方が早いだろうな』

辻本さんは意地悪く笑っていた。相変わらず性格の悪そうな鬣犬(ハイエナ)のアバターだった。

『ダーリン！』

月並の声と獅子(しし)の走る音が聞こえる。

『大丈夫間に合うわ……今そっちに向かってるから……私が、絶対に貴方(あなた)を守るから……！』

さすがの判断の速さだった。彼女は辻本さんと由々式さんが繋(つな)がったのを悟ったと同時に王の城へと走り出していたようだ。それでも僕の元へ辿(たど)り着くことはないだろうが。

『やだ……ダーリン……やだ……！』

月並の必死な声を聞いて辻本さんは更に笑った。

『あー時間の無駄だと思ってたが、こんな状態の月並が見られるなら時間を消費した甲斐があったぜ……！　ありがとな、由々式、佐藤』

『どういたしまして辻本さん』

由々式さんは上機嫌で感謝の言葉を受け取ると、さて、と唸った。

『女性の尊厳を穢し、人を見た目で差別し、努力する人間を汚い方法で蔑ろにした最低の男、佐藤零。貴方がSクラスの代表にいるという事実は、とても忌々しき問題です。私にはこれを解決するべき責務があります』

狼は皆の士気を上げるように遠吠えを上げた。

『さあみなの者、蹂躙する覚悟はできたかしら。敵の王は我ら絶対比較主義者の歴史を穢した大罪人。容赦することはありません。世界は目を覚ましつつある。変化が訪れようとしている。日本の古く悪しき風習を破壊し、新たなマウンティングの世界を作る。弱き者が笑える世界を、一人一人が尊厳をもって生きられる世界を、私が創造する！』

空気を吸う音までが、こちらに聞こえるくらいの迫力だった。

「かかれえええええええ!!」

『『『うおー!!』』』

『尾古響一&東雲翼　VS　大関海斗&藤原志門&安西あかり&丸山愛&――――』

地獄のような状況だった。響一と東雲さんがAクラスの大半からバトルをしかけられ、Sクラスの他のクラスメイト17人は知らん顔をしている。辻本さんが話したのだろう、A地点の生徒は元々僕に反感を持っている人の集まり。それにしてもこの状況ですらバトルを受けたくないとは、相当僕のことを嫌っているようだった。

『じゃあウチは一足先に抜けさせてもらおうかな』

『待て！　待つんだ辻本さん！』

『WINNER　由々式明――LOOSER　辻本炎華』

響一の言葉を待たずして辻本さんは自ら負けを認め消えた。

彼女はこちらの情報を話した上に、僕らの攪乱も行った。これ以上にない戦果だろう。

『WINNER　不明――LOOSER　佐々木瑞樹』

『WINNER　不明――LOOSER　羽生劉生』

『WINNER　不明――LOOSER　渡利勝気』

これ以上外面を取り繕わなくていいと判断したのか、A地点に配置しておいたメンバーが次々にサレンダーしていく。それどころか表立って助けられなくとも僕に肯定的だったC地点のメンバーまで、もうダメだと判断したのか自ら命を絶っていった。

『佐藤くん……もうダメかもしれません……！』

『諦めちゃだめだ東雲さん！　このバトルはメンタルがそのまま反映されるバトルなんだから！』

『ダメよダーリン！　退学なんて、私本当に許さないから……！』

もうマウントも何もない。これだけ僕が嫌われて、クラスが纏まることもなく、皆に伝えておいた作戦まで筒抜けの状態でマウンティングが行えるわけもない。

東雲さんのMPは何も言われずとも削れていったし、鼓舞する響一のメンタルも敵の攻撃にゴリゴリと削れていった。


『――LOOSER　尾古響一&東雲翼』


『無能無能無能！　貴方の周りにいたのは所詮！　時間稼ぎしかできない無能たちよー!!』

時間稼ぎか……月並も響一も東雲さんも苹果も、みんな僕のためによくやってくれたよ。

『貴方は一人じゃ何もできない無能！　他人の力を借りてしか生きることのできない、敗戦国が生んだ哀れな被害者の一人！』

その通り。僕は今までずっと、誰かの力に頼りすぎていた。

王のいる玉座は見えているのに、そこまで上る階段はハムスターの足には高すぎた。

故に勝利へ辿り着くのに時間がかかってしまう。

『貴方にSクラスの代表は相応しくない、忌々しき存在よ！』

代表に相応しくない。だからクラスの皆に嫌われた。

「……一人じゃなにもできない？」

そのためにこのバトルが開催された。

「……僕がSクラスの代表に相応しくない？」

戦わなきゃならないんだ。

「……何を言ってるんだ」

どれだけ劣勢だろうと。

「……本当に、馬鹿ばかりだ」

だから今度こそは、

「Aクラス程度、僕一人で十分なんだよ」

「――――なっ!!」

『佐藤零　VS　由々式明』

誰も味方がいなくても、一人で戦い抜いて見せるんだ。

✵ ☾ ✵

　誰もいない夕日に染まった放課後の教室で、乾いたビンタが空気を揺らした。

　突然の殴打に何事かと思ったが、すぐに状況を思い出し頭を下げた。

「嘘って言うか、勘違いだったんだ！　草津で告白されたことは夢だと思ってたし、デートに誘われたのは冗談だと思ってたし、可愛いって言ったのは月並より人として魅力的って意味だと思ってたし……。本当に、謝って済むような問題じゃないけどごめ――」

　スパーン！

　左手の甲で、左の頬にお代わりをもらった。

「なんてお詫びしたらいいか……！　でもこれだけは本当で、決して馬鹿にしていたわけじゃないし、内心夜桜さんのことは本当に魅力的だと――」

「あ、あああああれが告白!?　この私が本気で求婚し、デートに誘ったなどと……!?　はん！　バカバカしい！　なななああな何を本気にしているのですか!?　一体貴方様のどこに惹かれ、私が誠に、恋しよゆかしよと呆けていたなどと!?」

　顔を真っ赤にして叫ぶ夜桜さん。

　僕は必死で言い訳した。

「前のバトルの終わりに僕を恋人にするとか言ってたし……」

「はあああああ!?　私は貴方を恋に落とす！　とは申しましたが、私が貴方様に恋に落ちる！

などとは一言も！　一切合切！　一木一草！　一伍一什！　申してなどおりませんわ‼」

その場でぴょこぴょこ怒る夜桜さん。どうやら彼女は僕が告白と気が付かなかったことではなく、そもそも告白が冗談だったのに気が付かなかったのに腹を立てているようだった。

「じゃあ全部冗談だったの……？」

「うえ……⁉」

僕が不安そうに聞いたことにバツが悪くなったのか、夜桜さんは一瞬怯むと大人しくなってそっぽを向いた。

「まあ……冗談ですが……」

「なあ————んだ！」

全て僕の早とちりだったようだ。

その言葉に肩にのしかかっていた重圧が全て消え去り、体中の力が抜けてその場に倒れた。

「れいさ……佐藤様、大丈夫にございますか……⁉」

即座に彼女が肩を貸してくれて、やはり優しい人で良かったと安心した。

「冗談だって分かったら、一気に安心しちゃった」

「……冗談の方が嬉しいのですか……？」

「そりゃあそうだよ」

夜桜さんの彼氏だなんて多くの人から反感を買いそうだし、何より僕自身のメンタルが持たない。恋人として接していなくてもドキドキすることが多いのに、あんな風に甘えられたり弱みを見せられたりしたら、美少女耐性０のメンタルが持つわけないよ。

「あっそ！　あっそあっそ！」

「いてて……ほんと勝手に本気だと勘違いしたのは謝るから……！」

「ふん……！」

乙女心は分からないなんて言うが、夜桜さんの心は余計に分からない。

喜怒哀楽が激しくて素直なのはいいが、いかんせん拗ねやすいのだ。

僕は気まずさを紛らわせるために得意の自虐をしてみることにした。

「それにしても参ったよ。クラスのみんなが協力してくれる気配が一向にないし、夜桜さんまで僕のこと彼氏とか言い始めるんだもん」

スパーン!!

「もう二度と、その話題は口にしないでくださいます？　貴方を守れるかと思い恥を忍んで口にしただけです」

「すみません」

痛む頬を労りながら謝罪すると、夜桜さんは溜め息を吐いた。

「確かに、今のままでは課題が山積みです。このまま戦っても勝利を見出だすことは難しいでしょう」

「だよねぇ……」

今回の肝は団体戦で、その統率力が僕に一切ないところ。

だからといって月並たちに頼ってばかりじゃ、仮に勝てたとしても今後に影響が出るだろう。

「先生の言ってたヒントも全く見当がつかないし、ほんとどうすればいいのやら……」

「……ヒントとは？」

「氷室先生に呼び出されて言われたんだ。固定観念を捨てろ、生きた化石になるなってね」

「…………」

夜桜さんは突然黙り込んだ。

「……団体戦の逆は？」

「……個人戦……？」

「でしたら、統率の逆は？」

「……放任？」

「…………」

いくつか僕に反対語を答えさせて彼女は再び黙り込んでしまった。

天才の思考を邪魔しないように僕は静かに彼女を見守る。

「……佐藤様、いかようにして体育座りを……？」

「え、見守ろうかと思って……」

見守る体勢といえば普通体育座りじゃないのか。

そう呟くと、彼女は手を叩いた。

「それです！」

「え、何が……？」

体育座りを解除し、しっかりと席に座る。

夜桜さんも隣に座ると、真面目な表情で僕に囁いた。

「佐藤様、普通の逆は？」

「……月並？」

「正解だけど不正解です」

非常に難しい質問だ。だって、自分が普通じゃないと思っていたことでも、相手にとっては普通であることが当たり前の世界なのだから。

「佐藤様、普通の逆を探すのです。今回の優劣比較決闘戦における普通を」

「どういうこと？」

「要は相手の思い込みを利用するバトルだということです。なぜ私たちが最初の授業で氷室教諭にあれほど普通について語られたのか。思ってみれば簡単な話、今回の優劣比較決闘戦で鍵となる概念だからです」

相手の思い込みを利用する。それは確かにゲームにおいて有利に事が進む常套手段だが、それをバトルで行う意味がよく分からなかった。

しかし、彼女の言葉で僕も一気に意味を理解する。

夜桜さんはその愛らしい顔をグイッと寄せて、誰にも聞こえないように耳元で囁く。

「代表である佐藤様が、兵士の役を担えばよいのです……！」

「────!!」

頭の中にあった氷が瞬く間に溶けだしていく感覚だった。

僕は王の座は当然代表が担うのだと思っていたが、確かに一言も、代表が王の役を担うなど明記されていない。

「夜桜さんが王の役になり、僕が兵になる。僕が皆に指示を出して王のフリをしながら、相手の王の元へ歩いて奇襲をしかける！」

Sクラスにまとまりがなく劣勢なのは分かっているから、相手も『普通は』王に攻撃が届かないと思い込んでいるはず。しかしそこに攻撃が届き、さらには見下していたはずの僕が一撃入れたとなれば敵軍にとってそれはとてつもない一手となる。

「動揺しているところを月並たちに追撃してもらえれば……！」

「ダメです。月並さんたちが王の元へ辿り着ける確証がないし、なにより貴方様が直々に倒す必要があるのです」

興奮を諭され僕は冷静に戻る。

そもそも一番の雑魚である僕が相手の王に辿り着けるかも分からないんだ。

「相手をどうにかして一ヵ所に集めることができればいいんだけど……」

「それについては問題ありません。佐藤様への反発力を利用すればよいのです」

「どういうこと……？」

「佐藤様に牙を剝く輩を一ヵ所に集め、隙を見せるのです。そうすればそこは見かけだけは厳重に防備される壁のように見えますが、ひとたび崩れれば藁の城です。敵が攻め入るのは防御の一番薄いところですから。あえて突破口を用意して差し上げればよいのです」

そのためには月並や響一、東雲さんなどの協力者をあえて分散させるようにする必要があった。

「ただ、これで佐藤様が攻撃を行う算段が付いたとして、確実に倒せる方法がまだ見つかりませんね……」

「そうだね。1回だけ不意打ちをぶつけても、倒せないんじゃ何の意味もないし、むしろ作戦が失敗したって夜桜さんが不利になる」

「…………」

キーンコーンカーンコーン……！

　18時を回る予鈴が鳴り、夜桜さんは時計の方を見た。

「ひとまず本日はこれにて終了し、また次回考えましょう。まだ時間は少なくありません」

「分かった。今日はありがとう」

　頷き立ち上がると、制服の裾を引っ張られた。

「どうしたの？」

「いくつか約束事がございます。佐藤様が勝利を手にするための約束です」

「分かった。約束するよ」

　夜桜さんは指を1本立てた。

「1つ。この話は私と二人だけの秘密です。皆様には悪いですが、今回のバトルは佐藤様が一人で活躍し、圧倒的不利な状況を覆す必要があります。ですので、クラスの皆様には嘘の作戦をお伝えし呆気なくやられてもらいます」

　もう一本、中指が立てられる。

「2つ。今後皆様の目立つところでは私に話しかけないでくださいませ。私と佐藤様は現在喧嘩の真っ最中。入れ替わりが私であると悟られては意味がありません。今回の私は佐藤様に反旗を翻す人間。一切の協力を行わない反逆者にございます」

随分と大げさな言い方だな。そう思いながらも僕は頷いた。

「そして３つ！」

薬指まで立てた夜桜さんは「重要！」と言わんばかりに指を僕の目の前まで近づけて見せた。

だというのに恥ずかしがりながら、少し間をおいて小さく言った。

「告白を冗談と言ったのは、どうか忘れてくださいまし……」

「……え？　それってどういう意味――」

「いいから！　約束ですよ！」

彼女はそれだけ言うとぷりぷりしながら教室を颯爽と去っていった。

さすがの僕でも、あの言葉の意味は少しだけ理解して、期待してしまった。

✵　☾　✵

階段を上り切り狼へ光の剣を飛ばすと由々式さんは間一髪でそれを闇の剣で受け止めた。

狼は吹き飛び、空中できりもみすると何とか着地し、次の攻撃に備える。

僕は口からハムスターがモチーフの小型ファンネルを４つ噴射し、狼にターゲットをとった。ビームを放ちながら自動追跡するファンネルを、狼は呼び出した亜空間の中を何度も移動し逃げ続けた。そして空間の裂け目から現れた黒い複数の手によってファンネルを全て破壊すると、遠く間合いを取ってこちらに子分の狼を放つ。

「どうして……王である貴方(あなた)がここに！」

「僕がいつ僕を王にすると言った？」

「でも！　確かにクラス会議でそう言ったと情報が――」

「えー。何か勘違いしてるね。僕は一度も王を担うなんて言ってない」

ハムスターは魔法の森から力を吸収し、体に光を纏(まと)った。

「僕は『誰が王の座を担うかなんて言うまでもないだろ』と言ったんだ」


「――――!!」

ハムスターが覇気を放つと共に森が揺れる。

視認できない波動に、子分狼は呆気(あっけ)なく消え去った。


「じゃあ……Ｓクラスの王は一体誰が――」


『貴女方、一体誰に向かって面を上げているのです？』

『ＷＩＮＮＥＲ　夜桜環奈(よざくらかんな)――ＬＯＳＳＥＲ　八幡響(はちまんひびき)＆岸辺武志(きしべたけし)＆安斎友梨佳(あんざいゆかり)＆――』

「────!?」

僕のボイスチャットから聞こえた声を聞いて、狼は目を見開いた。

『滄海の一泡如き貴方がた程度が、私を仰ぎ見るなど不届き千万甚だしい』

「……夜桜環奈……!!」

『王の御前です。退きなさい』

『WINNER　夜桜環奈──LOSSER　藤原志門＆安西あかり＆磯憲明＆──』

彼女の実力に加え玉座に夜桜さんがいた衝撃もあってか、敵クラスの生徒は少しの罵詈雑言で溶けるように次々と消えていく。

「最初から嘘を吐いていたのね……！」

「嘘なんて言ってない。皆が勝手に勘違いしただけだ」

僕はもう一度剣を飛ばす。

「その言い方じゃ代表である貴方が王をやるって普通は勘違いするに決まってるでしょう！」

「何言ってんの？　普通、一番強い人が王になるに決まってるじゃん（笑）」

一旦は正面から受け止めたものの、狼は剣から散った火花が目に入り体勢を崩した。僕はその隙に一気に距離を詰め、光の剣で左の耳を切り落とした。

〈由々式明に1０955のクリティカルダメージ〉

本当に……。

「普通って難しいね（笑）」

「きさまぁ……！」

由々式さんに一撃を与え、さらにもう一撃、もう一撃と追撃を繰り返す。

彼女は何とか防御に必死だったが、追い詰められているのは明らかだった。

「調子に乗るな……！　学年全体から嫌われるレイシストめ……！」

「君たち如きを倒して調子に乗れる理由が分からないね」

〈由々式明に3099のダメージ〉

圧倒的な量の弾幕で狼を弾き飛ばし、僕は空に浮かぶ七色の球に向かって叫んだ。

「1学年全員に告ぐ！　僕がSクラスの代表だ！　真の王者だ!!　なぜ君たちが束になっても僕に勝てなかったか困惑してるだろうけど、考えるだけ無駄さ。僕は僕だけの道を行った。ただそれだけ。ルールも束縛も破壊し、君たちの悪意にも耐え抜いた！　これ以上僕に歯向かおうものなら覚悟しろよ！　もうすぐ皆が僕に従うようになる。なぜなら僕が王者だからだ!!」

ビリビリと魔法の森が揺れ、木々から鳥たちが逃げていった。

もう引っ張られるだけの人生は終わりだ。消極的な性格ともお別れだ。

今後はこの学年の代表として、みなを仕切っていかなければならないのだから。

僕はよろよろと戻ってきた狼に一瞥をくれてやった。

「一応教えておくけど、君に匿名で情報を流していたのは月並でも響一でも東雲さんでも苹果でもない。僕だ。強敵夜桜さんがB地点にいると知った君はそこへ兵を回さない。あれはみんなが裏切りのために送ったんじゃなく、僕が誰にも見つからずに君の元へと辿り着くために送った呪いの手紙なんだよ」

僕は嫌われているから、裏切り者が出てもおかしくない。一般人がSクラスの代表にいるのはおかしい。そんな彼女なりの普通が招いた錯覚だった。匿名のメールを、僕以外の誰かだと勘違いしたんだ。

スキルを流してくれた裏切り者がいて、僕は逆に助かった。

初めはスキルを流したのが誰か特定できないかと思っていたが、途中からは誰だろうとよかった。裏切りが行われている事実さえあれば、僕が匿名でわざと情報を流しても紛れることができたから。

これにより相手にとってはB、C地点の防御が堅く、A地点が最も攻めやすい構図となる。

僕が敵のいないB地点を移動して、敵がこちらの拠点を潰し始めた頃に相手の王を攻めるつもりだったが、辻本さんが早めにバラしてくれたお陰でよりスムーズに敵が王の防御を疎かにした。

『SクラスもAクラスも、全て佐藤様の術中だったというわけです。才能を見誤り佐藤様を蔑み、嘲笑していたSクラスの人々など、むしろ足手纏い。それが佐藤様の考えでございました』

夜桜さんが後押しをしてくれ、余計に狼の力は弱くなっていく。あれだけの劣勢から覆され、言い訳が見つからないようだった。

「一体何を勝手に勘違いしたのか知らないけど、固定観念に囚われすぎだよ」

狼は僕の煽りに低く唸り牙を剝いた。

「佐藤零……たかが一撃不意打ちをかました程度で調子に乗るな……！　女性である私を男性の貴方が過小評価するこの構図……これは忌々しき問題よ！」

「君は様々な問題に関心があり、改善しようと試みている。それは素晴らしいことだけど、そんなに硬い脳みそじゃ全ての人に救いの手は差し伸べられないんじゃない？」

〈由々式明に4630のダメージ〉

やはり僕の攻撃を食らったのは相当ストレスだったようで、何の根拠もない煽りにとてつもないダメージを受けている。

「さて、そろそろ終わりにしようか」

僕が言葉のナイフを彼女に投げつけようとした途端、

「そうはさせません」

『スキル『電光石火』発動――任意の座標に最大3回瞬時に移動できる』

「――――!!」

空から複数の棘が僕らの足元へと突き刺さり、僕の攻撃を弾き飛ばした。

『佐藤様!?　まさかその声――――！』

夜桜さんの驚きにも無理はなかった。

最後の最後、僕らを邪魔したのはあろうことか角を生やした真っ白のウサギ。

僕の天敵、白兎零世その人だったからだ。

『零世！　そこで何をしているのです！』

「おや環奈様。貴方様が私に命じたのではありませんか、佐藤様一人では不甲斐ないから、助けておやりなさいと」

「な！　私はそんなこと一言も言っておりませんわ！」

クソウサギがニヤリと笑う。こいつは最後の最後まで僕を邪魔しに来たようだ。

発言の真偽が分からない状況で、今の僕の状態を鑑みれば「普通」は弱い僕を零世が助けにきたのだと思うだろう。

それが事実でなかろうと、対外的にそう見えてしまう限り、圧倒的に劣勢だった由々式さんに反撃のチャンスを与えてしまう。

「ふふふ……ふははは！　そうよね！　あの佐藤零が一人で戦えるわけがないものね！　あれだけ強がっておいて結局は人任せ！　これがSクラス代表の実態よー!!」

『スキル『狂気の叫び』使用――同調する人間を味方にする』

狼は瞳を赤く染めると歓喜し、雄たけびを上げた。

その声を聞いたウサギの瞳もみるみる赤く染まってゆき、ウサギも喜び跳ねた。

「さあ思う存分叩きのめしてください由々式様。彼は私たちの尊厳を踏みにじる大敵です」

その言葉に由々式さんは舌打ちをしてみせた。

「貴方に同調される義理などないわ。私は貴方のように理解した風を装い自然と見下してくる男性が大っ嫌いなのよ！」

狼は覇気を纏い始めた。

だが、その発言で僕も思っていたことが確信に変わった。

「さあ佐藤零、白兎零世。貴方たちまとめて地獄に――」


「やっぱり由々式さん、君は本物の全肯定主義者じゃないね」


彼女が何かを始めるよりも早く、僕は彼女の後ろを取り光の剣で手足を地面に釘刺しにした。

〈由々式明に１２１３０のクリティカルダメージ〉

「何を言うのよ！　私は貴方たちみたいに見た目で人を判断する人が大っ嫌いで――」

「いや、だから分かってないじゃん」

「…………？」

「零世は男じゃない。君と同じ、女性だよ」

「な……何を……言っているの……？」

狼は赤い火の玉を発生させたまま動かなくなってしまった。

「だって……貴方は夜桜さんが好きなのでしょ？　なら貴方はおとk――！」

「慌ててるからってボロを出しすぎだ。全肯定主義者がそんな否定的な思考をするわけがない。それは自称君の大嫌いな人間、差別主義者のする考えだよ。君の正体は相手を黙らせるために平等や人権、常識や多様性を盾にしてマウントを取るクソ野郎、自己中心主義者だ」

「な……何を馬鹿なことを言ってるのよ！　私は一般論を語っただけで……！」

図星を突かれ錯乱しているのか、狼はデタラメに闇の光線を周囲にまき散らした。

その弾幕は魔法の森全体にぶちまけられ、木々や城壁を容赦なく削っていく。

「わわわ私が自己中心主義ですって!?　これは侮辱よ！　誹謗中傷よ！　私はただみんなの幸福のために声を上げて戦っているのに！　何の根拠もなく私を貶めようと世間体の悪い言葉をぶつけ、イメージを操作しようとしている！　これはもう裁判よ。情報開示請求して慰謝料よー!!」

由々式さんの攻撃には凄味があったが、何一つ僕のメンタルを傷つけることはなかった。

彼女は権利だ偏見だと大声で叫び、他人の不幸を自分の不幸のように見せかけているだけだ。それに同調する本物の被害者たちが彼女に同調し、増強する。それが彼女の力の源だ。

「貴方を侮辱罪と傷害罪で訴える！　理由はもちろん分かっているわね!?　貴方が私をみんな

の前で人の尊厳を踏みにじる発言を行い、私のプライドと自尊心を破壊したからよ!! 覚悟の準備をしておきなさい! 近いうちに訴える! 裁判も起こすわ! 裁判所にも問答無用できてもらう! 慰謝料の準備もしておきなさい! 貴方(あなた)は人の心を踏みにじり差別する犯罪者よ!! 刑務所にぶち込まれる楽しみにしておきなさい! いいわねー!?」

声高々に叫ぶ彼女は哀れだった。他人の不幸を利用する狡猾(こうかつ)な獣。

彼女の面倒なところは、本物の救世主に見えるところだ。

確かに僕もたくさんの人を自分の価値観で決めつけた。

由々式(ゆゆしき)さんを見た目で男性だと勘違いした。零世(れいせい)のこともそうだし、夜桜(よざくら)さんの和服も、アイスを買ってくれたお兄さんも、僕がイメージを決めつけて判断した。それで傷つく人がいるのは知っている。

もし嫌な思いをさせたなら精一杯謝る。

だから、せめて最初の1回は許してくれないだろうか。


彼らに普通があるように、僕にも普通だと思っていることはたくさんあるんだ。


認知はする。理解もする。尊重もする。

でも、僕の中の普通も知ってほしい。そして、貴方の普通を教えてほしい。

遥か昔の生き物は海から陸に上がったし、今ではそれが普通になっているけれど、それ以前はみな海で暮らしていた。陸で生活するなど、発想の中にはなかったはずだし、何万年、何億年と時間をかけて変化して、今の僕らがあるはずで。

柔軟な考えと、大きな心はみんな持つべき。でも、血の繋がった両親とだって錯誤があるんだ。相互で理解をするためには、多くの時間と対話が必要だ。

今回由々式さんが支持されたのは僕がＳクラスの代表になったから。普通推薦組の誰かが座すべき王の座に、僕のような一般人が座ってしまったから、普通じゃない僕は迫害されたんだ。除け者にされる寂しさや悲しさは、僕も十分に理解できる。それこそ、中学までもずっと味わってきた感覚だったし。でも僕は、人が急激に変われないのも知っている。僕らは成熟された人間ではなく、まだまだ未熟な子供だし、変わっていくのは少し怖い。

違和感のあるもの。

想像し得ないもの。

目撃したことのないもの。

自分と違うもの。

人はこれらを恐れ、嫌悪するのだ。自分の家に着いた時、電柱ほどの大きさをした毛虫が家の中で暴れていたら人はどう思うだろうか。きっと恐怖するだろう。そして自分の体験したことのない不安を取り除こうと、普通ではないと烙印を押し、自分を正当化し、排除する。

これが普通の正体だ。言語化の難しいこの概念が、より普通を難しくする要因。

でも僕の中では、クラス決めの時に感じたみんなのイメージは少しずつ、確実に変わりつつある。人間ってのは適応する生き物で、いつの間にかマウンティングが僕の一部になっているし、夜桜さんたちとの関係も少しずつ進んできている。

少しずつでいいんだ。少しずつ、人は変わっていくのだと、夜桜さんもそう言っていた。


『先ほどの続きをよろしいですか』

猫カフェデートの帰り道、時刻は終電近く22時を回っており、夜桜さんは人気の少ない電車の中ぽつりと呟く。

『佐藤様に和服が普通ではないと貶された時、ガッカリしました』

渋谷で出会った時のことだろう。

僕は確かに彼女の恰好を目立って変だと言った。

『この人もまた、私を何か遠いものを見る目で扱うのかと』

『……だから今日は洋服で来たんだ』

夜桜さんは眠そうになりながらも首を横に振る。

『いいえ。佐藤様にだけは特別に、洋服の私も見てほしかったから……』

そこにどんな意味が込められているのか、想像した内容は僕には少し照れくさくて、誤魔化すように言葉を紡ぐ。

『また遠いものを見る目でって、何かあったの？』

この先揺れますので、ご注意ください。

電車のアナウンスが一拍入り、僕らは少し揺れる。

くっついた夜桜さんの体温は意外と高かった。

『私はずっと、世間にとっての普通じゃなかったから』

僕は言葉の続きを待った。

『生まれは日本で上位１％の富裕層。頭脳容姿ともに恵まれ、何をしても大抵のことは１回で覚えます。自慢ではなく、ここまで恵まれた人が多くないのは知っています』

彼女はこっちを見ない。

『表立って悪く言われることはありませんでした。私は月並さんほど性格が悪くないつもりですし、何より、みな様、私に忖度する方が得でしたから』

電車は優しく揺れる。

『でもあまり、良い思いはしませんでした。視線を感じるのです』

『……視線？』

『悪意のあるものではありません。しかし私（わたくし）は不快でした。羨（うらや）んだような視線。特別なものを見る視線。ブランド物を見る視線。近づきがたい者を見る視線。何か期待を孕（はら）んだ視線。全て、不快でした』

　私も普通の女の子なのに。


『くしゅん！』

　酔っぱらったオジサンが、２つ離れたシートの上で盛大にくしゃみをした。

『月並（つきなみ）さんは私に対して初めて素で話しかけてきた人です。零世（れいせい）は初めて私に本気で心を開いた人です。よりにもよって、私にはこの二人しか本音で話せる人がいませんでした』

『地獄だね』

『誠に』

『俺は天国に行くけどなあ!!』

　本音で話せる人が例の二人だった事実と共に、オジサンがこちらの話に同調してきてお互い思わず笑ってしまった。

『あの方もストレス社会が生んだのでしょうね』

『きっと会社ではふんぞり返ってマウント取り放題なんだろうね』

電車が揺れる。
アナウンスはなかったが、暫く僕らは黙ったままだった。
『佐藤様も、私に気を使わず話してくれて嬉しかった』
『え？』
全く自覚がなかったので、思わず声が出てしまう。
『私にあのような無礼を働いたのは月並さん以来です』
『無礼って、貧乳のこと？』
ガン！　と頭蓋に音が響いて視界が一転した。
気が付くと向こうのオジサンもシートから落ちており、彼と床の上で目が合った。
『お気を付けください。電車が揺れると車掌様が忠告くださったはずです』
『あれ、今の電車の揺れだったんだ……』
それにしては衝撃が頭にダイレクトアタックだったような……まあいいか……。
座席に戻ると夜桜さんはもう一度くっついてきた。
何をするんだ、なんて言える雰囲気ではなかった。
『鷺ノ宮も、匿名の悪意に満ちています……』
『匿名の悪意……？』

『ええ。みな、自覚がなくとも私を特別扱いしていますから』

言葉の響きに僕は草津で見た夢を思い出した。

不特定多数から向けられた視線はいずれも和服の少女に向けられており、烏の群れに白鳥が交じろうとしていた夢だ。

どうして僕の夢に出てきたのかは分からないが、あれはきっと夜桜さんの不安だったんだ。

モスクワにいたムキムキ筋肉の鳩の意味は知らん。

『でも最初は、佐藤様も私に遠慮していました』

『初見の夜桜さん、キリッとしていて凄く怖かったよ』

『まあ酷い』

窓ガラスに反射した夜桜さんは蕾がなったように頬をほんのり桜色に染めて笑っていた。


『少しずつ、少しずつでいいので、私を知っていってください』


ガタンゴトンと列車が揺れる。

普通こんな時、モテる男子ならなんと返すのだろう。

残念ながら僕はモテない男子だったので、揺り籠のような電車の音に耳を傾けながら、静かに時間が過ぎるのを待った。

＊　☽　＊

「許さない！　許さないわよー!!　白兎零世！　どうせ貴方も私を陥れるために演技をしているんでしょ!?　どうせ男のくせに！　きっと彼は夜桜家に雇われて金銭を対価に私を貶めているんだわ！　これは陰謀よ。意図的に組まれた悪魔の罠よー！」

由々式さんの発言はもう滅茶苦茶だった。

すると夜桜さんの声が割って入る。

『零世。どのみち我らの勝利です。おふざけも大概にしなさい』

『スキル「天啓」使用――任意で選択した味方の攻撃力を倍化する』

『私の力を与えましょう零世。これは命令です。由々式明を倒しなさい』

おふざけ？

寧ろ、今の彼女は今までにないくらい、本気で怒りに打ち震えていた。

ウサギの角は金色に輝き、大気を巻き込みながら回転数を上げていく。

回転の引力で由々式さんが削った木々が引っ張られたが、角に巻き込まれた瞬間粉々になるほどの威力だった。

「私が演技をしている……？ ふざけるな……私の愛を、馬鹿にするな……！」

ウサギはウサギらしく途轍もない跳躍を見せ、鋭い角を狼へと向けた。

「誰が決めたというのだ……」

あれだけ僕が倒すと決めたのに、結局今回は、僕がトドメを刺すことはできないらしい。

零世の声は怒りと哀愁に塗れていた。

「女の子同士で愛し合えないなど、一体誰が決めたというのだ……!!」

「――――!!」

狼はウサギの放った鎖に拘束され動けなくなった。

ウサギは遥か上空から狼を睨みつけていた。

「女の子はな、この世の全ての生き物を凌駕する尊い存在なのだ。靴下と車のブランドで威張るだけの足臭い汗臭い腋臭い息臭い男どもとは格が違う、至高の存在なのだ……！」

「何を言ってるのよ……貴方(あなた)何を言ってるのよー！」

「分かりませんか。女の子はね、ふわふわで、柔らかく、芳醇な香りがし、優しく、強く、しなやかで、賢く、美しく、器用で、しかし稀に不器用で、健気で、真面目に、気遣いができ、しっかり者で、甘え上手で、思いやりに溢(あふ)れ、執着せず、素直で、発想力に富み、お洒落(しゃれ)で、関心の幅が広く、平和で、繊細で、明るく、鳥のように優雅で、涙もろく、それでいて抱きしめると安心し、全てを包み込み、様々な困難にも立ち向かい、純情で、世界を彩り、期待に応え、花のように鮮やかで、正しく、気高く、空気が読める神様の最高傑作なのですよ」

「矛盾してるじゃないの！　貴方みたいに『女の子は～』とレッテルを貼る人間がいるから女性はこうでなきゃいけないって偏見が生まれるのよー!!」

「矛盾？　まだ分かりませんか。女の子はね、全てを内包する究極の生命体なのです。時代とは常に変化しますが、女性が素晴らしいとは不変。色は匂い、散らぬのです。我が世おなごは、常なのです」

　ウサギはやっと狼に向かって落下を始めた。

「そんなに理解に苦しむのであれば、由々式明(ゆゆしきあきら)様、貴方にも女の子同士の恋愛の良さを教えてあげましょう」

「貴方！　本当に何言ってるのよー!!」

　クソウサギが優しく笑う声が最後に聞こえた。

「たくさん可愛がってあげましょう。もう男との恋愛には戻れないくらいに」

〈由々式明に55296のクリティカルダメージ〉

狼は自らの暴発した爆炎に巻き込まれ消し炭になった。

「私の愛を、馬鹿にするな」

『WIN　Sクラス――LOSE　Aクラス』

僕が代表としてビシッと決めるはずだったのに、美味しいとこだけ持ってかれたな。

そうは思いつつも作戦は成功して最大の窮地は乗り越えることができたし、これはこれで良しだろう。

バトルが終わっても暫く続いたクソウサギの執拗な攻撃に応戦しつつ、僕は勝利の味をかみしめた。

＊　☾　＊

「告白を冗談と言ったのは、どうか忘れてくださいまし……」

「え？　それってどういう意味――」

「いいから！　約束ですよ！」

「………」

彼女が意味深な言葉を残したまま教室を去ったあと、僕は暫く呆然としていた。

これすらも夢なのではないだろうか。

頬を触るとしっかり熱い。どうやら夢ではないようだった。

「冗談だと言ったのを忘れる……」

それってもしかして──。


ギリギリギリ……。


「────」

何かが擦れるような音がして、僕はそちらを振り返った。

ドアのすぐ裏に隠れていたそいつは──夜桜さんのストーカー、白兎零世くんは僕を呪い殺さんばかりの怨嗟の表情で歯をくいしばっていた。

「ひえ……！」

僕が小さく声を上げると、彼は大股で僕の元まで詰め寄った。

「貴様……！　あれほど環奈様には近寄るなと申しただろうに……！」

「いててて……！　仕方ないだろ！　色々あったんだよ……！」

ものすごい力で首を絞められ僕はギブアップのポーズをとる。

彼は仕方なく襟元を握る位置を変えると僕の眼前まで顔を寄せて睨んだ。

「先ほど環奈様は告白がなんだと仰っていたな……それもあのように恥ずかし気な顔で……！」

「ごめんって！　別に僕が何かしたわけじゃなくって――」

「あのようなレア顔、滅多に見せることがないのになぜ写真を撮らぬのだ！」

「そっちかよ」

相変わらず気持ち悪いな。名前もなんか僕と似てるし、ちょっと苦手なんだよな。

そう思っていると彼は僕の机に腰かけ見下した。

「環奈様とどのような話をしていた。洗いざらい話せ」

不躾な物言いに僕もイラッときた。

夜桜さんともこの話は二人だけの秘密だと約束したし。

「嫌だね。絶対に言わないよ」

「――――」

白兎くんの手元に夜桜家の紋章が入った高そうなナイフが握られていた。

「話します」

僕はその後、彼に今までの経緯を全て含めて話した。

彼なら言わずともいずれバレてしまいそうだし、本当に刺してきそうな気もするし……。

彼は流れの全容を聞いて貧血を起こしたようにその場に倒れこんだ。

「ああ環奈様おいたわしや……みなの前で国宝級のお胸を馬鹿にされた上に、求婚までする羽目になっているとは……」

「君も夜桜さんの胸馬鹿にしてない？」

「何を言う！　あの慎ましくも美しいお胸の良さを私が馬鹿にするものか！　粘土で型を取って全国の博物館に飾りたいくらいだ！」

「どんな拷問だよそれ」

人によってはトラウマになるぞそれ。

ツッコミたいことは多々あったが、これ以上こいつと話しても何の収穫も得られそうにないので僕は早々にその場を離れることにした。

「じゃあ僕はそろそろ行くから」

「待ちなさい。貴方様にはまだ聞き足りないことが山ほどある」

強引に腕を引っ張られ引き留められる。

落ち始めている太陽に、より一刻も早くこの場を立ち去りたいとの気持ちが強まった。

「なんだよ。僕は次の優劣比較決闘戦に備えて色々考えないといけないことがあるんだ」

「それは貴方様が怠惰を引きずった結果にすぎません。私に不快な思いをさせたのだから、果たすべき使命は果たしてから去るべきです」

　無理を言う彼の腕を僕も強く引っ張った。

「あのね、君みたいな変態に付き合っている暇は僕にはないの。夜桜さんに好かれる僕に嫉妬してないで、その気持ち悪い性格を直す方が先じゃないのかな」

「何？　私の環奈様を思う気持ちが変態的であると？　その言葉は万死に値しますよ」

「君さ、羨ましいのか何なのか分からないけど最初っから僕に嫌がらせしすぎね。これ以上はさすがに怒るよ」

「ですから、貴方様が私の質問に少し答えればいいだけの話なのです。それに、自分の好きな人を守ろうと思う気持ちの何がいけないのですか」

「放せよ！　お前本当に何なんだよもう！」

「貴方様こそ、やましいことがあるから話したくないのでしょう！」

　僕は柄にもなく本気で彼に怒りをぶつけてしまった。

　それこそ力ずくにでも逃げようとして無理やり暴れまくった。

　武道の心得があるのか僕のデタラメな動きでは一切逃げれず、その場で揉みくちゃになった。

「ふざけんなよもう！」

　僕は頭にきて、本気で彼の胸部を殴った。

　拳への痛みと同時にゴン！　と骨を伝う衝撃。

「え？」

そして同時に、今まで体感したことのない――いや、正しく言うと、月並が背中に乗って来た時に似た柔らかい感触が、そこにはあった。

胸だ。

さらしか何かを巻いて誤魔化しているのか見た目での判断は難しいが、布の上からでも伝わるその弾力は間違いなかった。

僕の疑惑の目線にも白兎くんは相変わらず落ち着いた目線で返した。

「白兎くん……女の人……？」

「だったら何か問題でもございますか」

「問題も何も……」

見た目は確かに中性的で髪型もポニーテール。声の高さも確かに男性にしては高めくらいで、身長などや立ち振る舞いなどはまさに男性そのものじゃないか。

「それに……夜桜さんのことが好きだって……」

僕の言葉に白兎くん――いや、白兎さんは鼻で笑って返した。

「大切な人を思う気持ちに、性別など関係がございますか」

「ごめん勘違いをしてた。だって夜桜さんのことを好きだなんて言ったら普通――」

そこまで言って、僕はまた、自分の中の普通に他人を収めていることに気が付いた。

その時の彼女の表情は一生忘れることはないだろう。

自分の尊厳を踏みにじられた痛み。

自分の愛するものを否定された痛み。

痛みにも怒りにも似たそれは、並大抵の人生を送っている限りは得ることができない、複雑な感情だと思う。

でも同時に、この言動からある疑問が生まれた。

由々式さんがAクラスに来た時、彼女は零世に対してこう言っていたのだ。


『異性の体に気安く触るなんて最低ね！』


様々な権利に対してあれだけ強い嫌悪を抱いている由々式さんが、零世と近い距離で接触しておいて女性だと気が付かないものなのだろうか。見た目や名前、性的指向で差別をしないはずの彼女が。

影山君いわく由々式さんは投機的リーダーシップ論者。民の不満がピークに達している時に現れて、共通の敵を打ち倒すことを目標に支持を得るリーダー。

もしも彼女が、Aクラスを纏めるために僕への敵愾心を煽り、全肯定主義者の面を被っているだけの人間だとしたら……。

──バチン！

「貴方様は今、私の思いを馬鹿にしました……！」

誰もいない夕日に染まった放課後の教室で、乾いたビンタが空気を揺らした。

僕は、好きという気持ちを甘く見た。

彼女の瞳には大粒の涙が浮かんでいた。

「許しません……絶対に許しなど致しません……！」

「お、落ち着いてよ……！　僕はただ──！」

「言い訳など聞きたくはございません！」

彼女は僕の制止を振り払い教室の外へと駆け足で踏みだす。

「……佐藤零、私は貴方様のために力を貸そうと思っておりましたが、どうやらそれは誤った考えだったようです。同じくクラスを纏める身にあろうと、私の恋情を踏みにじった罪、必ずや償わせてみせます……！　それでは、ご機嫌よう」

「待って──」

終章　天使の卵

優劣比較決闘戦(マウンテイングバトル)を終えた次の週の月曜日。

早朝、僕は月並(つきなみ)と一緒に校舎へ続くロータリーを歩く。

「やっぱり、ダーリンも途中まで白ウサギちゃんの性別を勘違いしてたのね」

「そう思ってたのなら早く言ってよ……」

「普通気が付くじゃない。ちゃんづけしてたら女の子でしょ」

試すような彼女のやらしい笑顔に僕は思わずため息を吐(つ)いた。

「それは、月並の中にある普通ね」

「その通り！」

こいつと話していると何もかも最初から分かっていたのではないかと思ってしまう。

バトルの作戦があまりにも不確定要素を含みすぎていたのにもかかわらずこいつは何も言ってこなかったし、夜桜(よざくら)さんと僕の関係に何かが生じたと察して裏で何かをしていたのではないか。そんな疑念が浮かんだが、すぐに頭の中から消した。

何事も決めつけてはいけない。固定観念を捨てて、常識に囚(とら)われず生きるのが、優れた絶対(マウ)比較主義者(ンティスト)の証だ。

バトルに勝利して以降、一部を除いたSクラスの人たちは僕への態度が変わった。

因みにクラスの情報を流していたのは大熊さん。僕と零世の喧嘩を目撃していたのは清水さんだった。由々式さんが僕らSクラスに乗り込んできたあの日、なぜこれだけ広い敷地の中で僕のことを捜し出せたのかと疑問に思っていたが、どうやら彼女たちは元々由々式さんのご両親に恩を売る代わり、自社の商品をより卸して欲しかったらしく、裏で色々な取引をしていたようだった。響一が由々式貿易の大筋の取引先を調べて怪しいと睨んでいたようだが、今回は残念ながらバトル開始までに突き止めることができなかったらしい。

そんなこんなで色々あったけど、僕が裏で様々な策略を練って勝ったのが功を奏したようで、皆もそれなりにできるリーダーだと認めてくれたようだった。

これで教室にも入りやすくなる。認められたといってもあれだけ面と向かって嫌がらせを行ったんだ。楽しく雑談をできるくらい仲良くはなれていない。まずは朝から元気な挨拶をして、こちらから歩み寄る姿勢をみせるべきだろう。

僕は深く深呼吸をしながら廊下を進み、ドアに手を掛け教室に入った。

「おはようみんな。先週は色々と揉めたけど、あのことは水に流そう！　僕もSクラスの代表として不甲斐ないことが多くあるのは認めるし、共に手を取って――」

「佐藤くん」

「あれ？」

なぜだか分からないが目の前にはAクラスである影山君が立っていた。

「ここ、Aクラスですよ」

「――――」

僕は全身から血の気が引いていくのを感じた。

「あれ～まーた私たちクラスを間違えちゃったー。私たちはSクラス。Aクラスを完膚なきまでに叩きのめした上位クラスのSクラスなのにー（笑）」

月並の言葉にAクラスの連中は露骨に不快感を露わにした。

「あー！　これは弱いもの虐めよ！　民主主義の根腐れよー！」

ここぞとばかりに騒ぎ出す由々式さん。

今回ばかりは僕が悪いので、すぐ彼女の前に行って謝罪をした。

「ごめん由々式さん……！　説教はいくらでも聞くから、どうか殴らないで……！」

「謝罪をしながら私と同じ目線で話してる！　口先だけで心の中では自分が上だと見下しているんだわ！　これが今の民主主義よ！　跪いて謝りなさいよ！」

事を早く収めたかったので僕はすぐ膝をついてその場に正座した。

「これでよろしいでしょうか……」

「何偉そうに座ってんのよ、自分ばかりが楽して私には立ってろって言うのー!?」

「やっぱり!!」

容赦なく顎を蹴り上げられた。

もう彼女には二度と謝るまい。

「立ち上がりなさいよ。立ち上がったらどうせ私を見下して、性的な目で凝視するんでしょ？　いや寧ろ見なさいよ。こっちを見なさいよ！　私をいやらしい目で見なさいよー!!」

自分の体を抱いて騒ぎ始める由々式さん。

「ねえ月並、由々式さんってもしかして……」

「ええ。全肯定主義者でも、自己中心主義者でもなく、被虐性愛者だったようね」

「零世に由々式さん。身近にドMが２人も存在するなんて……」

どうやら全肯定主義者の仮面をつけていたのはバトルで相手にダメージを与えるためで、本来の由々式さんは虐められるのが好きなただのうるさい変態だったようだ。

「まあいいわ。行きましょうダーリン」

月並に捕まえられＡクラスを後にする。

すぐさま隣にある教室のドアを開けると、そこにはこれから苦楽を共にするＳクラスの面々があった。

「……おはようみんな」

少し遅れて挨拶をする。返事が返ってくるか緊張していると、

「お、おはようございます代表……！」

響一や夜桜さんといったいつものメンバーよりも先に、別の生徒が声を上げてくれた。

「お、おはようございます」

「おはよう」

「おはよう代表……！」

それに吊られて他の生徒たちもぽつぽつと挨拶をしてくれる。まだバラバラなクラスだったが、一つになれるのもそう遠くない未来な気がした。

「おはよう零。みんな今朝は零の話でもちきりだったぞ」

響一が自分のことのように喜んでくれて僕も心が軽くなった。

苹果も続いてやってきて、いつもの胡散臭い笑顔で祝福してくれる。

「さすがはボス。素晴らしい腕前でした」

「ありがとう、２人とも」

返事をすると今度は月並が背中に乗ってきた。

「ねーダーリン私はー？」

「あーはいはいありがと」

「気持ちが足りないやり直しー！」

「がー、ありがとうありがとう本当にありがとうみんな！」

「マニュアル通りの挨拶なんて私が許さないから」

何言ってんだこいつ。とは思いつつ、今回もやはり誰かの支えがなければ僕の勝利はあり得なかった。勝ったからといって調子に乗らず、みんなと仲良くしていこう。

月並たちが教室の奥へと進んでいくと、代わりに夜桜さんが寄ってきた。

色々あった後だからまた不機嫌なのかと思ったが、むしろその逆で、嬉しそうに笑顔を見せてくれた。

「佐藤様、改めて完勝、誠におめでとうございます。少し廊下に出て話しませんか？」

促されるまま僕は廊下に出る。

思えば初めは気まずかった夜桜さんとの関係も、いつの間にか二人でいても違和感がないくらいに慣れてきた気がした。

「佐藤様が在留してくれて、私も誠に嬉しく思っております」

「僕も、まだ夜桜さんと学園生活が続けられると思うと嬉しいよ」

「今回は非常に多くの迷惑をかけてしまいましたね。私のプライドと、零世のせいで……」

「色々大変だったけど、全部過ぎてみるといい思い出かもね」

草津に行ったのが遠い昔のように感じる。それほど濃い1か月間だった。

「しかし佐藤様、私との約束を1つ破ったでしょう」

不機嫌そうに膨らむ夜桜さん。

きっと秘密だと言っていた話をクソウサギに話してしまったからだろう。

「あれがなければ最後に邪魔されずに済んだしね……」

「そういう意味ではなくて……」

「ん?」

呆けた僕の声に、彼女はまた顔を赤らめた。

「二人だけの秘密などと、なんだか心地よいではございませんか……」

「ああ……」

そう言われて僕も納得してしまった。

同時に、忘れると約束した話までもが頭に浮かぶ。

「あ、あの夜桜さん……」

「何でしょう……」

忘れると言った話をここでほじくり返すのはズルいだろうか。

でも正直にいって、あの言葉の真意が気になるし……。

『構わねえ。単刀直入に聞いた方がむしろ男ってもんだろ』

君は僕の中の悪魔だね。最近よく出るね……。

でもそうだ。ここでハッキリしておかないと今後に関わってくる。

『ダメよ！　相手が忘れてって言ってるんだから忘れないと！　相手の気持ちになってみて！』

て、天使！　君はついにまともな助言を覚えたんだね……!?

『コクっちまえよ』

魔王サタン。そんな渋い声で言われても……。

『告白してどうなるかなんて、口が裂けても言えないよ……』

おい未来の僕！　それもうほとんど答えを言ってるじゃねえか！

「佐藤様……？」

「はっ！」

寝不足だろうかストレスだろうか。恐らく後者だろうが変な幻覚を見ていた気がする。

『御託はいいから早くコクっちまえよ』

「うわあまだいるじゃん悪魔！」

「悪魔……？」

「あああこっちの話こっちの話……」

自分を悪魔呼ばわりされたと勘違いしたのかムッとする夜桜さん。
しかし慌てる僕の様子を見て次第に笑い、次の瞬間——。

「————」

軽やかなリップ音と共に、頬に温かい何かを感じた。
「えっ——」
いつの間にか近づいていた夜桜さんの顔が離れていく。
もしかして今のって……。
『『キスだー！』』
悪魔たちが声を揃えて歓声を上げた。

「佐藤様、好きですよ」

「はっ────!?」

僕が目を見開いて彼女を見ると、夜桜さんは悪戯に笑った。

「何故顔を赤らめておられるのです？　単なる友人同士のコミュニケーション。冗談に決まっているではございませんか」

「………冗談？」

思考停止した僕に夜桜さんは悪戯な表情を見せた。

「私の身体的特徴を揶揄した罰です！　神すらも恋焦がれるこの私が、貴方様に恋い初めるなどと本当にお思いで？」

どこからが冗談で、どこからが本気なのか。僕が分からずに黙っていると、彼女は続けざまに笑った。

「おやおや友人に不浄な感情を抱くとはとんだ変態。獣ですわね。貴方様は好きと言われたら誰でも好きになっちゃう病気なのですか？　そうですよね。佐藤様は私と違って異性との縁がありませんものね（笑）」

そこまで言われて僕はやっと気が付いた。

今僕は、マウントを取られている。

心の奥底からふつふつと湧く怒りと不快感。

ここまで言われて言い返さないほど、僕はもう既に世間一般の常識、普通からはみ出ていた。

「あのねえ夜桜さん……逆にその貧相な体でどうやって僕を落とせると思ったの？　数回二人で出かけただけでもういい女気取り？」

「おやおやおやおやそれだけ顔を赤らめておいて言い訳とは見苦しい。認めても良いのですよ？　私に好意があると」

「「――――!!」」

それだけ言い合い、僕らは次第に笑い出した。

知らなかった。マウントを通して仲良くなることができるなんて。マウントが不快を通り越して楽しいと思える様になるなんて。

僕らは散々煽り合あった。遠い存在に感じていた彼女も、今回を通して本当の友人になれた気がした。

「自意識過剰も甚だしいね。幼稚園児にどうやって恋愛感情を抱けってのさ」

「……幼稚園？　佐藤様、今幼稚園児とおっしゃいました!?」

だがこの言葉だけは気にくわなかったようで、夜桜さんの表情は次第に落ち込んだ。

その言葉に夜桜さんは本気でキレだした。

「ぶち殺します！　たとえ佐藤様でも、私を幼稚園児呼ばわりなどとは許しません！」

「はいどーどー」

「もー！　もーもーもーもーもー！　もー!!」

短い手足をバタバタさせるも押さえると僕には届かない。

「貴様！　環奈様に何をしているのだ！」

騒いでいると、クソウサギが顔を出し夜桜さんの腹部に抱き着いた。

「環奈様!!　私はたとえ貴方が5歳児であろうと愛しております！」

「話に入ってくんなロリコン!!」

「ロリコンじゃない！　ただ子供の頃から恋愛対象が変わっていないだけだ!!」

「私をロリと呼ばないでください！　そして零世は離れなさい！」

タコみたいにくっついて離れない零世を何とか剥がそうと教室の扉を開けたり閉めたり何度も執拗にプレスする。最初は喜んでいた零世が落ちると彼女はその死体を教室の中へと捨てて、不機嫌そうに教室の中へと入っていった。

『『『キース！　キース！　キース！　キース！』』』

「うるさいよみんな」

色々あったが今の僕は晴れやかな気持ちだった。

しかし、心の声たちはずっと騒いで消えない。

『お前やるじゃねえか！』

『貴方のこと見直しました！』

『祝杯を上げようではないか……』

『お次はなんだろうね。楽しみだね！』

心の声がざわついて静まらない。

自分の心の声にいじられるのも変な話だが、今はそんなことどうでもよかった。

「キスのことはもういいって、おちょくられただけなんだから」

『『それキース！　キース！　キース！　キース！』』

「いい加減うるさいって、そろそろ消えないとお前ら本当に——」

途端、背中に悪寒を感じ現実に戻った。

いや、現実には戻ってないかもしれない。

何か大きな黒い塊に飲み込まれ、突然の動悸と吐き気に襲われる。魔女に呪いをかけられたのかと思った。緊張で筋肉が萎縮し、膝をついても空気を吸うのに必死だった。途轍もない圧に肺は潰されそうになり、心臓は何かに撫でられているかのような感覚で、胃酸が逆流し、平衡感覚は狂っていた。

僕はとにかく立ち上がり、必死に窓を探した。鍵に手をかけ、一気にドアを開け放つ。新鮮な空気を吸い込むと、眼前には青い空と、東京の空を低めに飛ぶ飛行機が見えた。

窓の縁に力なく寄りかかると、背後から弱々しい声が聞こえた。

「あの佐藤君……大丈夫ですか……？」

「……東雲、さん……？」

本当に現実に戻ると、そこには天使たちも黒い塊もなく、少し元気のなさそうな様子の東雲さんがいた。

「おはようございます佐藤君……」

「お、おはよう……」

「具合悪いんですか……？　保健室に行きますか……？」

「いやもう大丈夫……一瞬目眩みたいなのがしただけだから……」

誤魔化したが、正直大丈夫ではなかった。だいぶ収まったがまだ動悸は激しいままで、手の震えが止まらない。今のは一体何だったのだろうか。

「そうですか……なら良かったです」

いつも以上に儚く笑う東雲さん。なんとなく、いつもより元気がなさそうだった。

「東雲さんこそ大丈夫？　なんか調子悪そうだけど……」

「えっ……だ、大丈夫ですよ……！　この通り元気元気です……！」

腕を上げて元気アピールする東雲さん。

大丈夫ならいいのだが……。

「佐藤君は廊下で何をしていたんですか？」

「いや、廊下から見える空の景色が好きで」

夜桜さんに頬にキスをされ頭の中の天使たちと喜んでいたなど死んでも言えるわけがな

く、僕は咄嗟に誤魔化した。

「素敵な趣味ですね」

東雲さんは相変わらず純粋無垢に頷くと、ドアに手をかけた。

「じゃあ、先に入ってますね」

東雲さんが教室に入ると同時、彼女の残像と共に何か黒いものが見えた気がした。

そしてその中から天使の輪っかが見えていて――。

「し、東雲さん――!!」

「――？」

どうかしましたか？

その優しい言葉に、僕は言い知れぬ恐怖を感じていた。

やはりストレスだろうか。彼女の言う通り、僕はどうかしてしまったのだろうか。

きっと気のせいだ。驚きの連続で、疲れがたまっているんだ。

「ぼ、僕もそろそろ入るよ」

東雲さんに恐怖を感じるなんて、どう考えたっておかしい。

彼女は僕の声かけに、いつもの困ったような笑顔で応じた。

「ええ、そうしましょう」

そうに決まっているのだ……。

あとがき

『問2. 以下の文章を読んで、最も正しい心情を選択せよ』
「なんていうか、君って本当に変わってるよね」
①集団の秩序を乱すのは良くないから、もう少し皆に合わせてね
②日本は相手に同調するのが大事だから、この文化を大事にしよう
③面白い意見や考えを持ってるから、ぜひもっと話を聞かせてほしいな
④普通の人はそんなことしないよ、君って常識からズレてるね（笑）

［正解【④】――「さん」よりも敬意の度合いが低い「君」の敬称を用いた肯定型の文章。「良くない」との語彙を含む①は否定型、遠回しに相手を多数派に誘導する②はアドバイス型プラス属性なので不適当。また、価値観の違いを長所と捉える思考は絶対比較主義者（マウンティスト）のものではないので③は論外となる。よって答えは④である］

普通との概念は非常に難しいですよね。育った時代に環境、生まれ持った才能に性別、受けてきた批判と賛同。様々な要因が複数絡まり価値観は形成されてゆきます。きっとこの文章を読んだ人も、「その通りだ」と思う方もいれば、「めっちゃ重いこと語りだすじゃん」と感じた人、「説教臭くてウザい」と不快感を覚えた人もいるでしょう。その自分の中にしかない普通が、その時持っていた感情や相手との関係性によりマウンティングへと化け、「貴方（あなた）って変人

だよね（笑）」とまるで自分の考えが全て正しいかのような痛い人素直な人を量産します。

本当に賢い人とは、相手を頭ごなしに否定などせず、相手の言葉を一度受け入れ、自分の考えを分かりやすく伝える人だと私は思っています。風邪を引いて病院へ赴いた際、先生が「ヒスタミンやプロスタグランジンのせいで痛みが出ている。え、分からないんですか？（笑）」などと言うことはあるでしょうか。「ウイルスで扁桃腺が腫れて痛む」って言いますよね。患者が自分とは違う常識を持っていると知っているから分かりやすく説明するんです。「今日の会議アジェンダが変わってリスケしたからアサップでタスク調整とメンバーにリマインドしといて」などと言い「え、そんなことも知らないの？（笑）」などと言う人がいたら温かい目で成長を見守ってあげてください。極光苹果（あけぼのじよぶず）、お前のことです。ただ、簡単ではありませんが、すれ違いや価値観の違いを含め私は楽しめばいいと思います。私は私を含め変人じゃない人に会ったことがありません。普通に見える人も、どこか必ず普通じゃない箇所がありました。私は他人と違う考えや要旨は、個性であり、長所であり、伸ばすべきところだと思っています。でなければ、マウンティングバトルなる狂った争いが続きを出版させてもらえるわけがありません。

長すぎましたが謝辞を。担当のOさん、イラストレーターのさばみぞれ先生、出版に関わってくれた全ての関係者各位に感謝とお詫びを。そして何より、二度も手に取ってくれた読者の皆様に、心から感謝いたします。こうして2巻を出せたのも、全て皆様のおかげです。

令和4年12月15日　吉野　憂

GAGAGA
ガガガ文庫

最強にウザい彼女の、明日から使えるマウント教室2

吉野 憂

発行 2023年1月23日 初版第1刷発行

発行人 鳥光 裕

編集人 星野博規

編集 大米 稔

発行所 株式会社小学館
〒101-8001 東京都千代田区一ツ橋2-3-1
[編集]03-3230-9343 [販売]03-5281-3556

カバー印刷 株式会社美松堂

印刷・製本 図書印刷株式会社

Printed in Japan ISBN978-4-09-453108-4